KB028304

西白虎 · 五

낭송 이옥

낭송Q시리즈 서백호 05
낭송 이옥

발행일 초판2쇄 2023년 12월 15일(癸卯年 甲子月 丁未日)
지은이 이옥 | **풀어 읽은이** 채운 | **펴낸곳** 북드라망 | **펴낸이** 김현경
주소 서울시 종로구 사직로8길 24 1221호(내수동, 경희궁의아침 2단지) |
전화 02-739-9918 | **이메일** bookdramang@gmail.com

ISBN 978-89-97969-57-9 04810 978-89-97969-37-1(세트) | 이 도서의 국립중앙도서
관 출판시도서목록(CIP)은 서지정보유통지원시스템 홈페이지(http://seoji.nl.go.kr)
와 국가자료공동목록시스템(http://www.nl.go.kr/kolisnet)에서 이용하실 수 있습니
다.(CIP제어번호: CIP2015001979) | 이 책은 저작권자와 북드라망의 독점계약에
의해 출간되었으므로 무단전재와 무단복제를 금합니다. 잘못 만들어진 책은 서점
에서 바꿔 드립니다.

책으로 여는 지혜의 인드라망, 북드라망 **www.bookdramang.com**

낭송
Q
시리즈

서백호
05

낭송
이옥

이옥
지음

채운
풀어
읽음

고미숙
기획

티

▶낭송Q시리즈 『낭송 이옥』 사용설명서◀

1. '낭송Q'시리즈의 '낭송Q'는 '낭송의 달인 호모 큐라스'의 약자입니다. '큐라스'(curas)는 '케어'(care)의 어원인 라틴어로 배려, 보살핌, 관리, 집필, 치유 등의 뜻이 있습니다. '호모 큐라스'는 고전평론가 고미숙이 만든 조어로, 자기 배려를 하는 사람, 즉 자신의 욕망과 호흡의 불균형을 조절하는 능력을 지닌 사람을 뜻하며, 낭송의 달인이 호모 큐라스인 까닭은 고전을 낭송함으로써 내 몸과 우주가 감응하게 하는 것이야말로 최고의 양생법이자, 자기배려이기 때문입니다(낭송의 인문학적 배경에 대해 더 궁금하신 분들은 고미숙이 쓴 『낭송의 달인 호모 큐라스』를 참고해 주십시오).

2. 낭송Q시리즈는 '낭송'을 위한 책입니다. 따라서 이 책은 꼭 소리 내어 읽어 주시고, 나아가 짧은 구절이라도 암송해 보실 때 더욱 빛을 발합니다. 머리와 입이 하나가 되어 책이 없어도 내 몸 안에서 소리가 흘러나오는 것, 그것이 바로 낭송입니다. 이를 위해 낭송Q시리즈의 책들은 모두 수십 개의 짧은 장들로 이루어져 있습니다. 암송에 도전해 볼 수 있는 분량들로 나누어 각 고전의 맛을 머리로, 몸으로 느낄 수 있도록 각 책의 '풀어 읽은이'들이 고심했습니다.

3. 낭송Q시리즈 아래로는 동청룡, 남주작, 서백호, 북현무라는 작은 묶음이 있습니다. 이 이름들은 동양 별자리 28수(宿)에서 빌려 온 것으로 각각 사계절과 음양오행의 기운을 품은 고전들을 배치했습니다. 또 각 별자리의 서두에는 판소리계 소설을, 마무리에는 『동의보감』을 네 편으로 나누어 하나씩 넣었고, 그 사이에는 유교와 불교의 경전, 그리고 동아시아 최고의 명문장들을 배열했습니다. 낭송Q시리즈를 통해 우리 안의 사계를 일깨우고, 유(儒)·불(佛)·도(道) 삼교회통의 비전을 구현하고자 한 까닭입니다. 아래의 설명을 참조하셔서 먼저 낭송해 볼 고전을 골라 보시기 바랍니다.

   ▷ 동청룡: 『낭송 춘향전』 『낭송 논어/맹자』 『낭송 아함경』 『낭송 열자』 『낭송 열하일기』 『낭송 전습록』 『낭송 동의보감 내경편』으로 구성되어 있습니다. 동쪽은 오행상으로 목(木)의 기운에 해당하며, 목은 색으로는 푸른색, 계절상으로는 봄에 해당합니다. 하여 푸른 봄, 청춘(靑春)의 기운이 가득한 작품들을 선별했습니다. 또한 목은 새로운 시작을 의미하기도 합니다. 청

춘의 열정으로 새로운 비전을 탐구하고 싶다면 동청룡의 고전과 만나 보세요.

▷ 남주작 : 『낭송 변강쇠가/적벽가』 『낭송 금강경 외』 『낭송 삼국지』 『낭송 장자』 『낭송 주자어류』 『낭송 홍루몽』 『낭송 동의보감 외형편』으로 구성되어 있습니다. 남쪽은 오행상 화(火)의 기운에 속합니다. 화는 색으로는 붉은색, 계절상으로는 여름입니다. 하여, 화기의 특징은 발산력과 표현력입니다. 자신감이 부족해지거나 자꾸 움츠러들 때 남주작의 고전들을 큰소리로 낭송해 보세요.

▷ 서백호 : 『낭송 흥보전』 『낭송 서유기』 『낭송 선어록』 『낭송 손자병법/오자병법』 『낭송 이옥』 『낭송 한비자』 『낭송 동의보감 잡병편 (1)』로 구성되어 있습니다. 서쪽은 오행상 금(金)의 기운에 속합니다. 금은 색으로는 흰색, 계절상으로는 가을입니다. 가을은 심판의 계절, 열매를 맺기 위해 불필요한 것들을 모두 떨궈 내는 기운이 가득한 때입니다. 그러니 생활이 늘 산만하고 분주한 분들에게 제격입니다. 서백호 고전들의 울림이 냉철한 결단력을 만들어 줄 테니까요.

▷ 북현무 : 『낭송 토끼전/심청전』 『낭송 노자』 『낭송 대승기신론』 『낭송 동의수세보원』 『낭송 사기열전』 『낭송 18세기 소품문』 『낭송 동의보감 잡병편 (2)』로 구성되어 있습니다. 북쪽은 오행상 수(水)의 기운에 속합니다. 수는 색으로는 검은색, 계절상으로는 겨울입니다. 수는 우리 몸에서 신장의 기운과 통합니다. 신장이 튼튼하면 청력이 좋고 유머감각이 탁월합니다. 하여 수는 지혜와 상상력, 예지력과도 연결됩니다. 물처럼 '유동하는 지성'을 갖추고 싶다면 북현무의 고전들과 함께해야 합니다.

4. 이 책 『낭송 이옥』은 실시학사 고전문학연구회가 엮은 『완역 이옥 전집』의 「자료편 ― 원문」(휴머니스트, 2009)을 저본으로 하여 독자들이 낭송하기 쉽도록 풀어 읽은 발췌 편역본입니다.

차 례

머리말

이옥의 문장이여,
참으로 맛있구나!

1.

오, 보이지 않는 세상이여, 우리는 너를 본다.
오, 만질 수 없는 세상이여, 우리는 너를 느낀다.
오, 알 수 없는 세상이여, 우리는 너를 인식한다.
오, 불가해한 세상이여, 우리는 너를 붙잡는다.
_프랜시스 톰프슨(Francis Thompson)

보이지도, 만질 수도, 알 수도 없는 불가해한 세상을 보고, 느끼고, 인식하고, 붙잡을 수 있는 건 언어 덕분이다. 적어도 글쓰는 자에게는 그렇다. 하지만 '언어 덕으로'도 이 불가해한 세상을 표현해내기란 여간 어려운 일이 아니다. 기가 막힌 문장을 읽거나 그림을 보고서도 기껏 한다는 말이 '죽인다' 정도. 인생 행로를 바꿔버릴 만큼 엄청난 사건을 당하고도 그저 호흡이 가빠지거나 한숨이 날 뿐, 말의 문門은 우리 앞에서 여지없이 닫히고 만다. 변화무쌍한 사건과 감정의 파노라마 앞에서 말은 언제나 턱없이 미달未達이다. 물론, 언어란 방편에 지나지 않는다고, 언어로 붙드는 것이 붙들리는 것 자체는 아니며, 붙들었다고 생각한 순간 의미는 달아나 버린다고, 하니 너무 애석하게 생각할 필요 없다고 눙치고 넘어갈 수도 있겠다. 하지만 그럴 수가 없는 것이, 그 표현불가능한 언어로 무언가를 써야 하기 때문이다.

글쓰기란 바로 그 한계, 표현할 수 없고 말할 수 없는 그 불가능성의 체험에서 시작되는 게 아닐까. 아니, 문장 하나하나가 그 체험 자체가 아닐까. 글을 쓰는 자는 번번이 넘어지고 미끄러지면서도, 어쩌면 애초부터 출구란 없음을 알았으면서도, 포기하지 않고 언어의 미로 속을 헤맨다. 글을 읽는다는 경험은 그 미로를 함께 헤매는 것인지도. 그러다 문득 글쓰는 이의 '헤맴'에 어떤 규칙과 양식이 있음을 어렴풋이 깨닫게 되는 것인지도. 그 와중에 예기치 못하게 그가 흘린 언어를 입에 물고는 그 황홀한 맛에 중독되는 것이 독자의 운명인지도. 그렇다. "인간의 언어는 광휘 아니면 곤궁, 둘 중 하나다."(막스 피카르트, 『인간과 말』, 배수아 옮김, 봄날의책, 2013)

이옥을 읽는 경험 역시 그와 같다. 사물을 보고, 사람의 마음을 읽어내고, 벌어지는 일들을 응시하는 그의 눈은 따라가기 벅찰 정도로 분주하고 빠르며, 게다가 예리하다. 그의 눈이 이르는 곳에는 그의 마음이 있고, 마음이 머무는 찰나 속에서 그는 빠른 속도로 언어를 길어낸다. 이옥의 글을 읽으면, 그의 지독하게 꼼꼼한 눈에 한 번 놀라고, 우물처럼 움푹한 곳에서 보이지 않게 출렁이는 그의 마음이 만져지는 듯해 두 번 놀라고, 그 모든 걸 생생하게 움켜쥔 듯한 그의 언어감각에 세 번 놀라게 된다. 결정적으로, 기어이 쓰겠다, 쓰고야 말겠다, 쓰지 않고서는 살 수도 없다는 그 절실함에 이르면, 그가 헤매는 미로 속에서 독자는 그만 무장해제되어 버리고 만다. 대체 이 사람, 이옥은 누구인가.

2.

이옥李鈺(1760~1815?). 고향은 남양南陽: 현재 경기도 화성. 1790년 증광시에 합격. 1792년부터 1795년까지 성균관에 머무르며 대과 준비. 문체가 괴이하다는 정조正祖의 지적을 몇 차례나 받은 후 충군充軍: 벌로서 군역에 복무하게 하던 제도과 정거停擧: 유생에게 일정 기간 동안 과거를 못 보게 하던 벌를 당함. 1799년 이후 과거를 포기하고 고향에 정착. 벗 김려金鑢가 이옥의 글을 모아 문집에 실음. 사제관계도 교유관계도, 그 흔한 당색도 이옥의 프로필을 채우지 못한다. 이 보잘것없는 프로필

을 빛내주는 유일한 사건이라고는 정조의 문체반정
文體反正뿐이다.

문체반정이란 무엇인가. 단도직입하자면, 사상은
글이요 글은 사상이니, 삿된 생각에 빠진 젊은 지식
인들을 경계하기 위해서는 먼저 그들의 문체를 단속
해야 한다는, 정조의 사상 통제 프로젝트가 바로 그
것. 연암을 비롯해 당대의 내로라하는 지식인들이
정조의 레이더망에 포착되었지만, 가혹하다 싶을 정
도의 대가를 치른 건 이옥뿐이었다. 이옥은, 말하자
면 이 프로젝트의 엑스트라였던 셈이다. 1792년에
서 1795년에 치러진 몇 차례의 과거시험에서 정조는
이 한미한 선비의 '무無개념 문체'를 계속 지적했고,
이옥은 이옥대로 자신의 '신新개념 문체'를 꾸역꾸역
고집했다. 결과는 당연지사. 왕은 끝내 이옥을 용납
하지 못했고, 왕에게 용납되지 못한 이옥은 오로지
글 속에서 스스로를 용납하고자 했다. 그렇게 무관無
官으로 글만 쓰며 살다가, 세상을 떠날 때가 되어 떠
났다. 그리고 잊혀졌다.

그러나 달리 생각해 보면, 이옥의 글은 바로 그 문
체반정의 산물이기도 하다. 문체반정에 휘말리지 않
았더라면, 하여 그가 정거를 명받고 충군되어 서울

에서 합천까지를 오가지 않았더라면, 하여 그가 말년에 모든 것을 접고 고향에 정착하지 않았더라면, 그랬다면 그의 글쓰기가 가능했을까. 가능했다 하더라도, 지금 남아 있는 글들처럼 절절하고 반짝거렸을까. 알 수 없는 일이다. 그러고 보면, 인생이란 오묘한 것. 불행이 반드시 불행으로 이어지는 것도, 불행이 한 인간을 반드시 절망으로 몰아넣는 것도 아니니 말이다.

정조가 이옥 류의 글쓰기, 즉 '소품문'小品文이 갖는 치명적 단점으로 지적한 것은 초쇄경박噍殺輕薄: 음조가 슬프고 빠르고 가볍고 들뜸함이었다. 우주의 이치를 보여 주는 것도, 우국憂國의 정情과 성인聖人의 도道를 보여 주는 것도 아닌, 하찮디 하찮은 것들에 대한 하찮은 글쓰기라는 것. 그러나 바로 여기에 이옥을 읽는 맛이 있다.

이옥의 글은, 흔히 말하는 철학적 성찰의 깊이라든가 웅대한 삶의 비전 등을 보여주지 않는다. 그저 벌레와 꽃, 잡초, 돌 같은 것들에 마음을 주고, 저잣거리의 장사치나 건달, 혹은 사랑에 울고 아파하는 여인네들, 저마다의 사연을 품고 신산한 삶을 살아가는 대중들에게 귀기울일 뿐이다. 거기서 그는 자신의 마음과 욕망을 읽고, 자신의 보잘것없는 지금을 보며, 자신의 늙음과 병듦을 마주한다. 이옥의 글을 읽는 독자들도 마찬가지다. 이옥의 모습이 내 모습이요, 이옥의 마음이 내 마음이며, 이옥의 신세가 또한 내 신세처럼 느껴진다. 우물우물 이옥의 문장을 읊조리는 경험은, 내 일기장의 한 부분을 읽는 듯, 내 친구의 독백을 훔쳐 듣는 듯, 내밀하고도 짜릿하다. 가슴이 욱신거리면서도 정겹다. 짠하면서도 피식 웃음이 난다.

대개의 소품문이 그러하듯, 이옥의 문장은 나열과 반복이 많다. 그의 세계에는 도대체가 '생략'이 없다. 이것과 저것이 다르면, 이것과 저것을 표현하는 언어도 달라야 한다. 점 하나가 있고 없고가 다르듯이, 작은 차이라도 놓쳐서는 안 된다. 어쩌면 이 때문에, 글 하나를 다 읽기도 전에 지쳐 나자빠질지도 모르겠다. 그러나, 끊어질 듯 이어지고 이어지면서 조금씩 변주되는 그의 글맛을 알게 되기까지는, 부디 참으시라. 랩을 중얼거리듯 입으로는 글을 읽고, 머리로는 글이 펼치는 세계를 떠올리면서 한 문장 한 문장을 음미하다보면, 어느새 그의 글맛에 중독되리니.

3.

이 낭송집에서는 이옥의 글을 크게 다섯 개의 주제
로 나누어 실었다. 취하는 것이 독서요, 토하는 것이
글쓰기라는 그의 디오니소스적 독讀/서書론이 그 첫
번째다. 어떻게 읽고 어떻게 쓸 것인가에 정답은 없
다. 읽고 쓰는 것이 서툴거나 두려운 독자들이라면,
앞서 길을 낸 여러 문장가들의 글을 읽고 베껴 쓰면
서 각자의 지도를 만드는 것으로 충분할 것이다. 이
옥은 그 여러 길들 중의 하나다. 두번째 주제는 정
情이다. 이옥의 다정다감多情多感은 가히 병적이라 할
만하다. 그는 군신의 도와 남녀의 정이 다르지 않음
을 아는 자다. 타고난 본성과 천도天道보다는 지금 여
기서 형형색색으로 펼쳐지는 마음의 풍경을 신뢰하
는 자다. 모든 것은 아프고, 모든 것은 즐겁다. 인생
이란 바로 그 생생한 번뇌에 다름 아니라는 것. 그게
이옥의 '주정주의'主情主義다.

세번째 주제는 미물들이 선사하는 깨달음에 관한
것이다. 이옥에게 인생의 지혜를 가르쳐주는 것은
사람보다는 미물들이다. 그것도 용이나 봉황새, 호
랑이가 아니라 벌레, 잡초, 꽃 같은 작고 작은 것들

이다. 작은 것들은 큰 것에 가려 보이지 않지만, 이옥은 그 속에서 '반짝거리는 차이들'을 읽어 낸다. 이 차이들이 바로 네번째 주제다. 다섯번째 주제는 '이야기'다. 우울하고 답답한 마음을 안고 오갔을 길들 위에서 이옥은 번번이 사람들의 이야기에 넋을 잃는다. 그냥 잊혀질 수 있는 이야기들이 이옥에 의해 구원되고, 이옥은 타자들의 이야기를 통해 자신의 우울을 치료한다. 글을 쓰는 자는 타자를 향해 열린 자기만의 창을 가지고 있으며, 그 창을 통해 글을 쓰고 숨을 쉬며 살아간다는 것. 글쓰기란 시끌벅적한 타자들 사이에서 이루어지는 가장 고독한 작업이라는 것. 이옥의 글을 읽다 보면 저절로 알 게 될 터이다.

이옥의 표현대로, 이옥의 문장을 낭송하는 내내 모든 이들의 눈에서 꽃이 피어나고, 입에서는 향기가 풍겨 나오길. 모두 그렇게 한껏 취하고, 또 토하시길!

규문奎文에서 채운 쓰다

낭송Q시리즈 서백호
낭송 이옥

1부
나는 읽고, 나는 쓴다

1-1.
책에 취하여 나는 쓰네

나는 책을 좋아하고 술도 좋아한다. 다만 땅이 궁벽
하고 때는 흉년이라 빌리거나 사려 해도 그럴 데가
없다. 한창 무르익은 봄볕이 사람을 훈훈하게 하니,
그저 빈 창가에만 앉아도 절로 취하는 듯하다. 마침
내가 술 한 병을 얻듯이 『시여취』詩餘醉 일부를 빌릴
수 있게 되었다. 그 글은 『화간집』, 『초당집』이었고,
그것을 편집한 자는 인장麟長 반수潘叟였다.

이상하구나! 먹[墨]은 누룩이 아니고, 책에는 술그릇
이 담겨 있지 않은데 글이 어찌 나를 취하게 할 수 있
단 말인가? 장차 항아리 덮개나 되지 않겠는가! 그런
데 글을 읽고 또 다시 읽어, 읽기를 사흘간 했더니 눈
에서 꽃이 피어나고 입에서 향기가 풍겨 나와, 위장
속에 있는 비릿한 피를 맑게 하고 마음속의 쌓인 때

를 씻어내니, 정신을 즐겁게 하고 몸을 편안하게 하여 자신도 모르게 장자莊子가 말한 무하유지향無何有之鄕: 그 무엇도 없는 곳. 장자가 말한 이상향에 들어가게 한다.

아! 이처럼 취하는 즐거움은 마땅히 문장 속에 깃들어야 할 것이다. 사람이 취하는 것은 취하게 하는 것이 무엇인가에 달려 있는 것이니 굳이 술을 마신 다음을 기다릴 필요가 없다. 붉고 푸른 것이 휘황찬란하면 눈이 꽃과 버들에 취할 것이요, 분과 눈썹 그리는 먹을 따라 흥겹게 노닐면 마음이 요염한 여자에게 취할 것이다. 그렇다면 이 글이 어찌 술 한 섬과 다섯 말보다 못하겠는가?

긴 가락과 짧은 곡조는 달 아래서 세 번 술잔을 바치는 것이요, 구양수, 안수, 신기질, 유영 등의 문인은 꽃 속에 노니는 신선들의 벗이다. 읽어서 묘처를 터득하는 것은 그 맛의 깊음을 사랑하는 것이요, 읊조리고 영탄하기를 그만두지 못하는 것은 취하여 머리를 적시는 데까지 이른 것이다. 때로는 혹 운자韻字를 따라 그 곡조에 따르는 것은 취함이 극에 달해 게워내는 것이고, 깨끗하게 잘 베껴서 상자에 넣어두는 것은 장차 도연명의 수수밭을 삼으려는 것과 같다.

나는 모르겠구나. 이것이 글인가, 술인가. 지금 세상에 또 누가 알 수 있겠는가?

1-2.
취하듯 읽고, 토하듯 쓰라

나는 반유룡의 『시여취』를 얻어서 그것을 읽고 또 읽고는, 다시 모아 그것을 기록했다. 때로는 그 곡조를 흉내내기도 하고, 운자를 따라 거기에 화답하기도 했다. 꽃이 피기 시작할 때 시작해서 꽃이 질 때 쓰기를 마쳤는데, 내가 얻은 것이 또한 몇 편 있어 그것을 한 권의 작은 책으로 베끼고는 『묵토향』墨吐香이라 이름을 붙였다.

누군가 그 뜻을 물어오기에 나는 이렇게 답했다.

"시여詩餘는 사詞이지 술이 아니다. 그런데 인장麟長은 그것을 '취'醉라고 이름하였으니, 글이 사람의 내장을 적시고 사람의 정신과 영혼을 흥겹게 하는 것이 마치 술이 사람을 취하게 하는 것과 같기 때문이다. 이 글을 읽는 자가 그 누구인들 취하지 않겠는가. 나도 이 글을 읽고 진실로 취하고 말았다.

크게 취해서 취함이 극에 이른 자는 반드시 토하는 법이니, 가령 옛날에 이불에 토했다는 것과 수레의 깔개에 토했다는 고사故事가 그것이다. 그런데 나는 술에 있어서 취하면 토하지 않을 수 없는 사람이니, 나의 주벽이 그러한 것이다. 하니, 내가 『시여취』를 읽고 글을 지은 것 또한 내가 취하여 토한 것이다. 취하여 토하는 것은, 왕희지가 술에 취해 거위를 얻으려고 창고에 들어갔다 넘어졌다는 것과는 같지 않다. 위장은 술단지보다 좁으므로 술이 넘쳐 위쪽으로 올라와 용솟음쳐 목구멍에서 토하게 된다. 혹은 콧구멍으로 토하기도 하고 간혹 귀로 토하는 자도 있는데, 이 모두 저절로 그러한 것이다. 내가 토하는 것이 이와 무엇이 다르겠는가. 이는 또한 애자艾子가 만취하여 심장과 간장을 토해내는 것에도 비할 바가 아닌 것이다.

토하는 것은 진실로 취한 사람의 일상사인데, 위가 약하거나 결벽증이 있는 자는 남이 토하는 걸 보고는 그 때문에 토하기도 한다. 남들이 내가 『묵토향』에 실어놓은 글들을 보고는 땅바닥에 손을 짚고 꿱꿱 구역질을 하지 않으리라고 할 수 없다. 아! 어떤 기름장수 사내가 기꺼이 나를 위해 속적삼까지 벗어주겠는가.

1-3.
쓰지 않을 수 없으니 쓴다

이 글을 어찌하여 '백운白雲'이라 이름하였는가. 백운사白雲舍에서 썼기 때문이다. 어찌하여 백운사에서 썼는가. 어쩔 수 없어 쓴 것이다. 어찌하여 어쩔 수 없이 썼다고 하는가.

백운은 본래 궁벽한 곳인 데다 여름날은 지루하기만 하다. 궁벽하므로 사람이 없고, 지루하니 할 일이 없다. 일도 없고 사람도 없으니 어찌해야 이 궁벽한 곳에서 지루한 시간을 보낼 수 있겠는가.

나는 돌아다니고 싶지만 갈 만한 곳도 없고 등에 내리쬐는 뜨거운 볕이 두려워 나갈 수가 없다. 나는 자고 싶지만 멀리서는 발[簾]을 흔드는 바람이 불어오고 지척에서는 풀냄새가 진동하니, 크게는 입이 비뚤어지거나 작게는 학질에라도 걸릴까 봐 두려워 누울 수가 없다. 나는 글을 읽고 싶지만 몇 줄만 읽어도 이내 혀가 마르고 목구멍이 아파 억지로 읽을 수가 없다. 나는 서책이라도 뒤적이고 싶지만 몇 장을 채 넘기지도 않아 이내 책으로 얼굴을 덮고 잠이 들고 마니 그것도 할 수 없다. 나는 바둑을 두거나 장기로 다투고, 쌍륙이나 골패를 하고 싶지만 집에 기구도 없는 데다 그걸 즐기는 성격도 아닌지라 그것도 할 수 없다.

그렇다면 나는 이제 이곳에서 무엇을 하며 이 날들을 즐길 것인가. 어쩔 수 없이 손으로 혀를 대신하여 묵경墨卿, 모생毛生과 더불어 말을 잊은 경지에서 말을 주고받을 수밖에. 그러면 나는 이제 어떤 이야기를 해야 하는가.

나는 하늘을 이야기하고 싶지만, 그러면 사람들은 분명 내가 천문天文을 공부한다고 생각할 것인데, 천문을 공부하는 자에게는 재앙이 있으니 이것은 안 된다. 나는 땅을 이야기하고 싶지만, 그러면 사람들은 분명 내가 지리地理를 안다고 여길 것인데, 지리를 아는 자는 남에게 부림을 당하므로 이것도 안 된다. 나는 사람에 대해 이야기하고 싶지만, 남에 대해 이야기하는 자는 남들 역시 그 사람에 대해 이야기하게 될 것이니, 안 된다. 나는 귀신을 이야기하고 싶지만, 사람들은 분명 내가 헛소리를 한다고 여길 것이니 역시 안 된다. 나는 본성과 이치[性理]에 대해 이야기하고 싶지만, 그것에 대해서는 평생토록 들은 것이 없다. 나는 문장을 이야기하고 싶지만, 문장은 우리가 추켜올리거나 폄하할 수 있는 것이 아니다. 나는 석가, 노자 및 방술을 이야기하고 싶지만, 이는 내가 배운 것이 아닐뿐더러 내가 이야기하고 싶은 것도 아니다. 조정朝廷의 이해관계, 지방관의 잘잘못, 벼슬길, 재물과 이익, 여색, 주식酒食 등에 대해서는 범익겸范益謙의 칠불언七不言이 있어 내 일찍이 이를 좌우명으로 삼았으니 이야기할 수 없다.

그렇다면 나는 이제 어떤 이야기를 하며 붓을 놀려야 하는가. 형세상 이야기를 하지 않을 수 없으니 이야기를 하지 않으면 그만이겠으나, 이야기를 한다면 새를 이야기하고, 물고기를 이야기하고, 짐승을 이야기하고, 벌레를 이야기하고, 꽃을 이야기하고, 곡식을 이야기하고, 과일을 이야기하고, 채소를 이야기하고, 나무를 이야기하고, 풀을 이야기하지 않을 수 없다.

이것이 『백운필』白雲筆이 어쩔 수 없는 것이라는 말이요, 어쩔 수 없으므로 이런 것들을 이야기했다. 이와 같이 사람에게는 이야기하지 않을 수 없는 것이 있고, 또한 이야기할 수 없는 것이 있다. 아, 마두건처럼 말을 삼갈지어다!

1-4.
물과도 같은 책, 『도덕경』

일찍이 들건대, 공자께서는 다음과 같이 말씀하셨다
한다.
"노자는 용龍이다. 훌륭하구나, 그 모습이여! 용은 위
로는 하늘에 있고, 아래로는 못에 있다. 그 자취는 신
묘하고, 그 작용은 두루 거대하니, 항아리 속의 물고
기가 아니로다."
내 경우에는 다만 그 물을 보았을 뿐 용을 보지는 못
했다. 크도다, 물이여! 물은 하지 않음도 없고 주장함
도 없고, 부러워함도 없고 업신여김도 없지만, 천지
의 장부臟腑요 만물의 젖줄이다.
물은 한가롭고 여유롭게 흘러가지만, 요리사가 물을
취해, 매실을 넣으면 신맛이, 꿀을 넣으면 단맛이, 산
초를 넣으면 매운맛이, 소금을 넣으면 짠맛이 나서

다섯 가지 맛의 장이 된다. 물은 아무 맛이 없지만, 결국 맛을 내는 것은 물이다. 염색공이 물을 취해 섞으면 치자에서는 누런색이, 쪽에서는 푸른색이, 명반에서는 검은색이, 꼭두서니에서는 붉은색이 만들어져서 다섯 가지의 빛깔이 된다. 물은 아무 색이 없지만, 결국 색을 내는 것은 물이다.

또 뱃사공이 물을 취해 나아가면, 노가 헤치고, 솔개가 날고, 바람이 질주하고, 닻을 내려 멈추게 하여 훌륭한 돛대가 된다. 물은 아무 힘이 없지만, 결국 힘이 되는 것은 물이다. 농부가 물을 취해 봇도랑에 물을 비축하고, 기구로 물길을 내고, 대나무 홈통으로 물을 맞이하고, 두레박으로 물을 전해주면 백 묘의 모가 된다. 물은 아무런 베풂이 없지만, 결국 베푸는 것은 물이다.

어부는 물을 취해 통발로 산천어와 방어를 잡고, 빨래하는 자는 물을 취해 옷을 비벼 빨고, 집 짓는 이는 물을 취해 기와를 견고히 다지고, 칼 가는 자는 물을 취해 앞날과 뒷날을 번갈아 갈고, 진주를 캐는 자는 물을 취해 야광주를 움켜쥔다. 물은 아무 기술이 없지만, 결국 장인의 구실을 하는 것은 바로 물이다.

물은 세상의 오물을 받아들이지만 자신은 더럽혀지지 않고, 세상의 갈림길을 가지만 자신은 번민하지

않는다. 만물은 물을 지나치게 얻어도 죽고 얻지 못
해도 죽는다. 하루 동안 물이 없으면 다툼이 생기고,
이틀 동안 물이 없으면 병이 생기며, 사흘 동안 물이
없으면 수명을 다하게 된다.

위대하도다, 물이여! 꿈틀꿈틀 어지러이 엉겨 있는
것이 내가 형용할 수가 없도다. 아! 내가 『도덕경』道德
經을 보건대, 그것이 바로 물이었구나!

1-5.
가을바람을 닮은 책, 『초사』

시험 삼아 『시경』詩經을 사계절의 바람으로 논해 보자
면, 국풍國風은 봄바람이요, 아雅는 여름바람이며, 소騷
는 가을바람이로다!

봄바람은 그 성질이 친근하고, 기운은 부드러우며,
생각은 공손하다. 그래서 봄에는 골짜기의 난초가 자
라나고, 매화나무와 살구나무가 뻗어나가며, 복사꽃
이 만발하고 노란 꾀꼬리가 지저귀니, 사람들로 하여
금 마음은 편안하고 뜻은 화평하게 한다. 이에 기분
이 들뜨고 화락和樂하여 술잔을 들지 않아도 술을 마
신 듯하니, 국풍이 이에 해당할 만하다.

여름바람은 그 성질이 너그럽고, 기운은 수려하며,
생각은 툭 트였다. 그래서 여름에는 초목이 우거지고
하늘이 큰 비를 내리니, 사람들로 하여금 마음은 여

유롭고 뜻은 두텁게 한다. 이에 융화시키듯 흡족하게 만물이 그 살갗을 적시니, 아가 이에 해당할 만하다.

가을바람은 그 성질이 깨끗하고, 기운은 엷으며, 생각은 쓸쓸하다. 그래서 가을에는 수풀에 서리와 이슬이 내리고, 온갖 벌레가 울고, 기러기는 남쪽 하늘로 오며, 덕은 음陰으로 작용하니, 사람들로 하여금 마음은 높고 뜻은 위태롭게 한다. 하여, 어두운 듯 참담한 듯 까닭 없이 절로 슬퍼지니, 소가 이에 해당할 만하다. 이로써 보건대, 『초사』楚辭는 천지의 가을소리라 하겠다.

누군가 "겨울에는 바람이 없는가?"라고 묻기에, "겨울에는 바람이 없다"라고 답했다. 물론 겨울에 바람이 없는 것은 아니지만, 바람이 만물을 감응시키기에는 충분치 않으므로 바람이 없다고 한 것이다.

『초사』는 읽을 수도 없지만, 읽지 않을 수도 없다. 『초사』를 읽으면 기골이 맑아지고 몸이 가벼워지지만, 읽지 않으면 기가 탁해지고 뜻이 비루해진다. 마땅히 읽을 만한 때, 읽을 만한 곳에서, 혹 한두 번, 혹 서너 번, 혹 대여섯 번, 읽기를 신중히 하되 많이 읽는 것은 좋지 않다.

나뭇잎이 떨어지는 한밤중이나 달 밝은 밤, 서리 내린 새벽, 해질 무렵, 벌레 우는 때, 기러기 우는 때, 꽃

이 떨어지고 소쩍새가 우는 밤이 읽을 만한 때요, 백
척의 높은 누각, 낙엽진 나무 아래, 졸졸 물소리 들리
는 작은 시냇가, 국화가 핀 곳, 대나무가 있는 곳, 매
화 곁, 여울을 흐르는 배 안, 높은 석벽 위가 읽을 만
한 곳이다.

먼저 진한 술을 큰 잔으로 들이켠 다음, 읽을 때는 한
자루의 옛 동검을 어루만지고, 읽고 나서는 거문고를
끌어당겨 『보허사』步虛子를 한 곡조 뜯으며 그것을 풀
어낸다. 이와 같이 읽어야 『초사』를 읽어냈다고 할 만
하다. 『초사』 중에서도 특히 삼구三九가 그렇다.

1-6.
천지만물이 나를 빌려 시를 짓노라

누군가 물었다.

"그대의 이언俚諺: 민간의 속된 말은 무엇 때문에 지은 것
인가? 그대는 어찌하여 국풍國風이나 악부樂府, 사곡詞
曲 같은 전통을 따라 짓지 않고 하필 이런 이언을 지
은 것인가?"

내가 대답했다.

"이것은 내가 한 것이 아니라 주재자가 그리 하도록
시킨 것이다. 내가 어찌 국풍, 악부, 사곡을 짓고 나의
이언을 짓지 않을 수 있겠는가? 국풍이 국풍이 되고,
악부가 악부가 되며, 사곡이 국풍이나 악부가 아니라
사곡이 된 것을 살펴보면, 내가 이언을 짓는 것에 대
해 알 수 있을 것이다."

그가 다시 물었다.

"그렇다면 저 국풍, 악부, 사곡과 그대가 말하는 이언은 모두 짓는 자가 지은 것이 아니란 말인가?"

내가 말했다.

"짓는 자가 어찌 감히 짓겠는가? 그것을 짓도록 만드는 자가 짓는 자로 하여금 짓게 하는 것이다. 그가 누구인가? 바로 천지만물이다. 천지만물은 천지만물의 본성이 있고, 천지만물의 형상이 있고, 천지만물의 색ⁿ이 있고, 천지만물의 소리가 있다. 통틀어 살펴보면 천지만물은 하나의 천지만물이지만, 나누어 말하면 천지만물은 각각의 천지만물이다. 바람 부는 숲에 떨어진 꽃은 비처럼 어지럽게 흩어져 쌓이지만, 이를 잘 구별해서 보면 붉은 꽃은 붉고 흰 꽃은 희다. 저 천상의 음악 역시 우레처럼 웅장하게 울리지만, 자세히 들어보면 현악은 현악이고 관악은 관악이다. 저마다의 색이 각자의 고유한 색이요, 저마다의 음이 각자의 고유한 음이다.

한 부분의 온전한 시가 자연 가운데 원고로 나와 있는데, 이는 팔괘를 그어 문자를 만들기 전에 이미 갖추어진 것이다. 이 때문에 국풍, 악부, 사곡을 지은 자가 감히 스스로 한 것이라 하지 못하고, 감히 서로 답습하지도 못하는 것이다. 그것들은 천지만물이 그것을 짓는 자의 꿈에 의탁하여 그 모양을 드러내고, 문

文을 주관하는 별자리로 나아가 정을 통한 것에 불과하다.

그러므로 사람에 가탁하여 시가 되려 할 때, 물 흐르듯 귀구멍과 눈구멍을 따라 들어가 단전 위에서 맴돌다가 줄줄이 잇달아 입과 손끝을 따라 흘러나오는 것이지, 짓는 사람이 간여한 것이 아니다. 이를테면 석가모니가 우연히 공작의 입을 통해 뱃속에 들어갔다가 잠시 뒤에 공작의 꽁무니로 다시 나온 것과 같다. 나는 모르겠다. 석가모니가 석가모니인가, 아니면 공작의 석가모니인가? 그러므로 작자라는 것은 천지만물의 역관譯官이요, 천지만물의 화가라 할 수 있다.

역관이 사람의 말을 통역한다고 하면, 나하추納哈出: 중국 원나라 말의 무인의 말을 통역하면 북번北蕃의 말이 되고, 마테오 리치의 말을 통역하면 서양의 말이 되어야지, 그 소리가 익숙지 않다고 해서 감히 바꾸거나 고쳐서는 안 된다. 또 화공이 사람의 모습을 그린다고 하면, 맹상군孟嘗君을 그리면 작달막한 상이 되고, 거무패巨毋霸를 그리면 장적長狄처럼 큰 상이 되어야지, 그 형상이 일반 사람과 다르다고 해서 감히 짐작으로 바꿔 그려서는 안 된다. 시를 짓는 것이 이것과 무엇이 다르겠는가?

논하건대 만물은 만 가지 물건이라 진실로 하나로 할

수 없으니, 하나의 하늘이라 해도 하루도 서로 같은 하늘은 없고, 하나의 땅이라 해도 한 곳도 서로 같은 땅은 없다. 천만 사람에게는 천만 가지의 다른 이름이 있고, 삼백 일日에는 또한 삼백 가지의 다른 일[事]이 있는 것과 마찬가지다.

역대로 하夏, 은殷, 주周, 한漢, 진晉, 송宋, 제齊, 양梁, 진陳, 수隋, 당唐, 송宋, 원元 중 그 어느 시대도 다른 시대와 같지 않아 각각 그 시대의 시가 있었고, 열국이었던 주周, 소召, 패邶, 용鄘, 위衛, 정鄭, 제齊, 위魏, 당唐, 진秦, 진陳 중 어느 한 나라도 다른 나라와 같지 않아 각각 그 나라의 시가 있었다. 삼십 년이 지나면 세대가 변하고 백 리를 가면 풍속이 같지 않다하거늘, 어찌하여 대청大淸 건륭乾隆 연간에 태어나 조선의 한양성에 살면서, 짧은 목을 길게 빼고 가는 눈을 억지로 크게 뜨고는 망령되이 국풍, 악부, 사곡의 작자를 논하려 하는가?

내가 눈으로 본 것이 이와 같으니 나는 진실로 지은 것이 있지 않다.

저 장수하는 천지만물은 건륭乾隆 연간이라 하여 하루라도 있지 않은 적이 없으며, 저 다정한 천지만물은 한양성 아래라 하여 한 곳이라도 따르지 않는 곳이 없다. 나의 귀와 눈과 입과 손 역시 내가 보잘것없다 하여 한 부분이라도 옛사람보다 갖춰지지 않은 것이 없으니, 다행스럽고 다행스럽도다. 이것이 또한 내가 지은 것이 없지 않은 이유요, 내가 이언만 짓고 감히 「도요」나 「갈담」 같은 국풍을 짓지 못하고, 감히 「주로」나 「사비옹」 같은 악부를 짓지 못하고, 아울러 「촉영요홍」이나 「접련화」와 같은 사곡을 감히 짓지 못하는 이유다. 이것이 어찌 감히 내가 한 것이겠는가. 이것이 어찌 내가 한 것이겠는가.

다만 부끄러운 것은, 천지만물이 나에게 와 노니는 것이 옛사람이 천지만물을 노닐게 하는 것에 크게 미치지 못한다는 것이니, 이는 나의 죄다. 이에 이언의 여러 가락을 감히 국풍이나 악부 또는 사곡이라 하지 못하고, '이'俚라 하고 '언'諺이라 함으로써 천지만물에게 사죄하노라.

나비가 날아서 국화꽃을 지나가다가 그것이 차갑게 야윈 것을 보고는 물었다. '그대는 어째서 매화의 흰색, 모란의 붉은색, 복사꽃과 자두꽃의 반홍반백색과 같은 빛깔을 띠지 않고 하필 노란색인가?' 국화꽃이 말했다. '그것이 어찌 내가 한 것이겠는가? 때가 그러한 것이니, 내가 때를 어쩌겠는가?' 그대는 어찌 내게 나비처럼 묻는 것인가?"

1-7.
글, 출렁거리는 감정의 파노라마

(1)

누군가 물었다.

"그대는 천지만물이 그대에게 들어갔다가 그대로부터 나와 그대의 이언이 되었다고 말했는데, 어찌하여 그대의 천지만물은 유독 한두 가지에 그치고 마는 것인가? 또 어찌하여 그대의 이언은 분바르고 연지 찍고 치마 입고 비녀 꽂은 여자의 일에만 국한되는 것인가? 옛사람이 말하기를, 예가 아니면 듣지 말고, 예가 아니면 보지 말고, 예가 아니면 말하지 말라 했거늘, 그대의 이언도 이와 같은가?"

나는 벌떡 일어나 용모를 가다듬고 꿇어앉아 사죄하며 말했다.

"선생의 가르침이 훌륭하십니다. 제자가 실수했으니

그것을 태워주십시오. 그러나 제자로서 청하노니, 끝까지 가르쳐주시기 바랍니다. 감히 여쭙건대, 『시전』詩傳은 어떤 책입니까?"

"경전이다."

"누가 지었습니까?"

"그 당시의 시인이 지었다."

"누가 골라 뽑았습니까?"

"공자다."

"누가 주를 달았습니까?"

"집주集註는 주자가 달고, 전주箋註는 한나라의 유학자들이 달았다."

"그 대의大意는 무엇입니까?"

"사무사思無邪, 즉 생각에 사특함이 없는 것이다."

"그 효용은 무엇입니까?"

"백성을 교화하여 선을 이루게 하는 것이다."

"「주남」周南이니 「소남」召南이니 하는 것은 무엇입니까?"

"국풍이다."

"말한 바는 무엇입니까?"

"대다수가 여자의 일이다."

"모두 몇 편입니까?"

"「주남」이 11편, 「소남」이 14편이다."

"그중에서 여자의 일에 대해 말하지 않은 것은 각각 몇 편입니까?"

"「토저」兎砸, 「감당」甘棠 등 모두 합해 5편뿐이다."

"그렇습니까? 이상하군요! 그렇다면 천지만물이 분 바르고 연지 찍고 치마 입고 비녀 꽂은 여자들의 일 에만 국한되는 것은 예전부터 그러했던 것입니까? 옛 시인들이 어찌 예가 아니면 보지 말고 예가 아니 면 듣지 말고 예가 아니면 말하지 말라는 것을 좋아 하지 않아 그랬겠습니까?

손님이시여! 내 설명을 들어보시려오? 여기에는 이 유가 있습니다.

모름지기 천지만물을 관찰하는 데는 사람을 관찰하 는 것보다 더 좋은 것이 없고, 사람을 관찰하는 데는 정情을 살피는 것보다 더 묘한 것이 없으며, 정을 관 찰하는 데는 남녀의 정을 살피는 것보다 더 진실된 것이 없습니다. 이 세상이 있어 이 몸이 있고, 이 몸이 있어 이 일이 있으며, 이 일이 있어 이러한 정이 있습 니다. 그러므로 정을 관찰함으로써 마음의 삿됨과 바 름을 알 수 있고, 사람이 현명한지 아닌지를 알 수 있 고, 일의 얻는 바와 잃는 바를 알 수 있고, 풍속의 사 치와 검소함을 알 수 있고, 땅의 비옥함과 척박함을 알 수 있고, 집안의 융성과 쇠퇴를 알 수 있고, 나라의 안정과 혼란을 알 수 있고, 시대의 흥성과 쇠락을 알 수 있는 것입니다.

대개 사람의 정이란 것은, 기뻐할 것이 아닌데도 거짓으로 기뻐하기도 하고, 노할 것이 아닌데도 거짓으로 노하기도 하고, 슬퍼할 것이 아닌데도 거짓으로 슬퍼하기도 하고, 즐겁지도 사랑하지도 미워하지도 욕망하지도 않으면서 거짓으로 즐거워하고 슬퍼하고 미워하고 욕망하기도 합니다. 때문에 어느 것이 진실이고 어느 것이 거짓인지, 그 정의 진실함을 다 살펴볼 수가 없습니다. 그러나 오로지 남녀의 정만큼은 인생의 진실한 일이요, 천도의 자연적 이치인 것입니다.

그러므로 혼례를 올리고 화촉을 밝히는 일에 예를 갖춰 찾아가 절하는 것도 진정眞情이요, 안방 화장대 앞에서 사납게 다투고 성내며 책망하는 것 또한 진정이며, 주렴 아래나 난간에서 눈물로 기다리고 꿈에서 그리워하는 것도 진정이요, 기생집 골목에서 웃음과 노래를 파는 것도 진정입니다. 또, 원앙침을 베고 비췻빛 비단 이불 속에서 푸른 옷소매에 기대어 여인을 가까이하는 것도 진정이요, 서리 내리는 밤의 다듬이질이나 비 오는 밤 등잔 아래서 한탄을 머금고 원망을 삭이는 것도 진정이며, 꽃그늘 달빛 아래서 옥패를 주며 정을 통하는 것도 진정인 것입니다. 이러한 종류의 진정만이 어느 경우에도 참되지 않음이 없으니, 가령 그것이 단정하고 정숙하여 다행히 그 바름을 얻었다면 이 또한 참된 정이요, 설령 그것이 방종하고 편벽되고 나태하고 오만하여 불행히 그 바름을 잃었다고 해도 이 또한 참된 정입니다. 그것이 참되기에 바름을 얻었을 때는 법도로 삼을 수 있으며, 참되기에 바름을 잃었을 때는 경계할 수 있습니다. 그것이 참되므로 본받을 수도 있고, 참되기에 경계할 수도 있는 것입니다.

그러므로 그 마음, 그 사람, 그 일, 그 풍속, 그 땅, 그 집안, 그 나라, 그 시대의 정을 이로부터 살필 수 있으며, 천지만물에 대한 관찰도 남녀의 정을 살피는 것보다 더 참된 것은 없습니다."

(2)

"그대는 어찌 예가 아닌 것을 듣는 것이 예가 아닌 것을 듣지 않기 위한 것이고, 예가 아닌 것을 보는 것이 예가 아닌 것을 보지 않기 위한 것이며, 예가 아닌 것을 말하는 것이 예가 아닌 것을 말하지 않기 위함임을 모르는가? 더구나 보고 듣고 말하는 것 모두가 반드시 예가 아닌 것은 아니지 않은가!

그러므로 나는 말한다. 『시경』의 정풍正風과 음풍淫風은 단순히 시가 아니라 역사의 일을 포폄한 『춘추』와 다름없다. 세상이 음사淫史라 칭하는 『금병매』金甁梅나 『육포단』肉蒲團 같은 유도 모두가 음사인 것은 아니다. 그 작자의 마음을 깊이 파고 들어가보면, 비록 정풍이니 음풍이니 하고 불리더라도 안 될 것이 없다. 그대는 어찌 생각하는가? 여기에도 이유가 있다.

여자란 편벽된 성질을 가졌다. 그 환희, 그 우수, 그 원망, 그 실없는 유희가 진실로 모두 정에서 흘러나와 마치 혀끝에 바늘을 간직하고 눈썹 사이에서 도끼를 가지고 노는 것과 같음이 있으니, 사람 중에 시의 경계[詩境]에 부합하기로는 여자보다 더 묘한 것이 없다. 여인은 요물이다. 그 몸가짐, 그 말씨, 그 차림새, 그 거처가 또한 저 깊은 바닥 끝까지 이르러, 마치 조는 가운데 꾀꼬리 소리를 듣고 취한 뒤에 복사꽃을 감상하는 것과 같은 데가 있으니, 사람 중에 시의 재료[詩料]를 갖추기로는 여인보다 풍부한 이가 없다.

슬프다! 비록 묘하고 풍부하다 해도 그것을 다루는 자가 봉황지鳳凰池: 문인학사의 거처나 거닐면서 생용笙鏞: 생황과 쇠북에 도취된 사람이라면 어느 겨를에 이에 미칠 수 있겠으며, 청산에 살며 원숭이와 수작하고 학의 울음에 화답하는 사람이라면 어찌 족히 이에 미칠 수 있겠는가. 또 이학理學의 소굴에 푹 빠져 풍월이나 읊조리는 사람이라면 어찌 달갑게 이에 미칠 수 있겠으며, 술과 먹으로 달아나 화류에 취해 노래하는 사람이라면 또 어찌 능히 이에 미칠 수 있겠는가.

지금은 이도 아니고 저도 아니다. 그 시대를 묻는다면 태평연화에 희희양양熙熙穰穰한 호시절이요, 그 땅을 묻는다면 비단처럼 펼쳐진 장안이 분주하고 시끌벅적한 큰 도회이며, 그 사람을 묻는다면 붓과 먹으로 여러 해를 잠잠하고 답답하게 보내는 한가로운 생애로다. 낮에 거리를 나다니면 마주치는 것이 남자 아니면 여자이고, 밤에 돌아와 책상을 대하면 펼치는 것이 책 몇 권일 뿐이니, 그 마음이 간질간질하기가 수만 마리의 이[蝨]들이 간에서 이리저리 기어다니는 것과 같다. 하여 나는 어쩔 수 없이 오장육부를 기울여 이 이들을 전부 쏟아낸 뒤에야 그만둘 수 있는 것이다.

시를 짓는다면, 천지만물 사이에서 그 묘하고도 풍부하며 정이 참된 것을 버리고 어디에 다시 손을 댄단 말인가? 그대는 이것을 알겠는가, 모르겠는가? 생각건대, 국풍을 지은 시인은 국풍을 지을 때 그 재주와 식견이 정녕 나보다 만만 배나 컸겠지만, 그가 그것을 지은 뜻은 아마도 나와 크게 다르지 않을 것이다."

1-8.
너의 언어로 너의 현실을 쓰라

(1)

어떤 사람이 말하길, 이름이 있는 물건이건 없는 물건이건 이언 가운데 사용된 옷, 음식, 그릇 등을 그 본래 명칭대로 사용하지 않고 망령되게 제멋대로 토속 이름을 따라 문자로 표현하였다고 하여, 나에게 주제넘고 괴팍하고 어리석다고 한다. 내가 말하였다.

"맞다. 그렇다면 내가 이 조목을 범한 지는 오래되었다. 나는 내 집을 악양루니 취옹정이니 하지 않고 내 집 이름으로 명명한다. 또 내가 열다섯에 관례를 치르고 나서 비로소 관명冠名과 자字를 갖게 되었는데, 옛사람의 이름으로 내 이름을 삼거나 옛사람의 자字로 내 자를 삼지 않고, 내 이름은 내 이름으로, 내 자는 내 자로 하고 있으니, 이 조목을 범한 지도 오래되었다. 어찌 나뿐이겠는가? 그대도 마찬가지다. 그대는 어찌하여 황제의 희씨姬氏나 진나라의 왕王과 사謝, 당나라의 최崔와 노盧 등을 그대의 성으로 하지 않고 바로 그대의 성을 쓰는가?"

그가 웃으며 말했다.

"나는 사물의 이름을 갖고 말했는데, 그대는 도리어 사람의 이름을 갖고 억지를 쓰는 것인가?"

내가 답했다.

"그렇다면 물건의 이름을 가지고 말하겠다. 물건의 이름이 하도 많으니, 눈앞에 있는 물건의 이름으로 말하리라. 띠풀을 엮어 자리에 까는 것을 옛사람과 중국사람들은 '석'席이라 하는데 나와 그대는 돗자리라 한다. 나무로 선반을 만들어 기름등잔을 놓아두는 물건을 옛사람과 중국 사람들은 '등경'燈檠이라 하는데 나와 그대는 광명이라 한다. 털을 묶어서 끝을 뾰족하게 만든 것을 저들은 '필'筆이라 하는데 우리는 '붓'이라 한다. 닥나무 껍질을 벗겨내고 찧어 하얗게 만든 것을 저들은 '지'紙라 하는데 우리는 '종이'라 한다. 저들은 저들의 이름하는 바를 가지고 이름을 삼고, 우리는 우리의 이름하는 바를 가지고 이름을 삼는 것이다.

나는 모르겠다. 저들이 칭하는 것이 과연 그 물건의

이름이라 할 수 있으며, 우리가 칭하는 것이 과연 그 물건의 이름이라 할 수 있는가? 저들이 '석'이라 하고 '등경'이라 한 것은 반고씨가 천자天子가 되어서부터 칙명으로 내린 이름이 아니거늘, 그렇다면 그 또한 본래의 이름은 아니다. 우리가 붓이라 하고 종이라 한 것도 닥나무와 털을 처음으로 직접 만든 이들이 그 당시에 바로 명명한 것이 아니라면, 이 또한 본래의 이름이 아니다. 본래의 이름이 아니라는 점에서는 결국 마찬가지인 것이다. 저들은 마땅히 저들이 칭하는 것으로 이름하고, 우리는 마땅히 우리가 칭하는 것으로 이름하는 것이니, 어찌하여 우리가 이름하는 것을 버리고 꼭 저들이 이름하는 것을 따라야 한단 말인가? 또 저들은 어째서 그들이 이름하는 것을 버리고 우리가 이름하는 것을 따르지 않는단 말인가?"

(2)

옛날에 한 원님이 아전에게 장에 가서 제사에 쓸 물건을 사오게 했다. 아전이 장부를 살피며 물건을 다 사들였는데, 다만 법유法油라는 것이 무슨 물건인지 알지 못했다. 시험 삼아 기름 파는 사내에게 물어보았더니, '참기름과 등잔기름 두 가지만 있을 뿐, 본래 법유라는 이름의 기름은 없다'는 것이었다. 아전은 결국 법유를 사지 못하고 돌아왔는데, 끝내 법유가 등잔기름인 줄은 알지 못했다. 그러나 이는 원님의 잘못이지 아전이나 기름 파는 남자의 잘못은 아니다. 또 어떤 서울 사람이 친한 시골 사람을 초대하며 '바야흐로 지금 서울 저자 가게에는 청포가 매우 먹음직스러우니, 그대가 오면 내가 실컷 대접하겠네'라고 말했다. 시골 손님은 '청포'라는 것을 기이한 음식이라 여기고 이튿날 그 집을 찾아갔는데, 주인은 녹두부만 잔뜩 대접할 뿐이었다. 녹두부는 세간에서 묵이라 하는 것이다. 시골 손님이 성을 내며 집에 돌아와 아내에게 말하길, '오늘 아무개가 나를 속였소. 청포가 무슨 음식인지는 알지 못하겠으나, 내게 대접하겠다 하여 찾아갔더니 묵만 내놓고 청포는 차리지도 않더군'이라고 하였다. 오랫동안 언짢아했지만 끝내 청포가 묵인 줄은 알지 못했던 것이다. 이것은 서울 사람의 책임이지 시골 손님의 책임은 아니다. 우리나라 시인 중에도 법유를 사지 못하고, 청포를 맛보지 못한 자들이 또 얼마나 많을 것인가?

우리나라 사람들이 옷, 음식, 그릇 등 대개의 물건을 부르는 그대로 이름을 지으면 세 살 먹은 아이라도 훤히 알고도 남을 텐데, 붓을 잡고 종이에 몇 자라도 기록하려 할 때면 이내 좌우를 보며 옆사람에게 묻게 되니, 그 물건이 한자漢字로 어떤 이름에 해당하는지를 알지 못하기 때문이다. 어찌하여 이런 일이 있게 되었는가?

아! 나는 그 뜻을 알겠다. 저들은 '지방의 이름은 지방에서 쓰는 이름이라, 우리는 그것을 입으로만 말할 수 있고 붓으로 적을 수는 없다'고 말한다. 잘 모르겠으나, 신라가 나라 이름을 어찌 '경'京이라 하지 않고 서라벌이라 했으며, 또 왕을 일컬어 어찌 '치문'齒文이라 하지 않고 이사금이라 했으며, 성姓을 일컬을 때는 어찌 '호'瓠라 하지 않고 박朴이라 했는가? 어찌 김부식이 그것을 잊어버리고 쓸 줄 몰라서였겠는가?

아! 가령 그 물건을 이름한 것이 석席, 등경燈檠, 필筆, 지紙라고 한 것처럼 반드시 그 물건에 합당하다면 나도 내 의견을 버리고 남의 의견을 따를 것이요, 억지로 지방 이름을 억지로 끌고와서는 이기려고 힘쓰는 사람처럼 굴지는 않을 것이다. 하지만 푸른 깃을 가리켜 군이 '비취'라 하고, 슬픈 울음소리를 들으면 무조건 '두견'이라 하는 것에 대해서는, 내가 비록 솜씨가 둔하고 말이 어눌하여 언문시를 짓는 데 그치더라도 결코 법유를 사고 청포를 먹는 일은 하지 않을 것이다. 그러니 내가 어찌하여 지방 이름을 쓰지 않겠는가?

안타깝게도, 문자를 만든 창힐蒼頡이나 주황朱皇이 일찍이 우리를 위해 따로 문자를 만들지 않았고, 단군이나 기자도 일찍이 글로써 말을 가르친 적이 없다. 그러므로 여러 가지 지방말 중에 문자로 이름을 만들지 않은 것이 간혹 있는데, 내가 무엇이 두려워 그것의 이름을 만들어 쓰지 않는단 말인가? 이것이 내가 지방의 이름을 사용하게 된 까닭이니, 내 어찌 어리석어 그리 했겠는가. 내 어찌 괴팍하여 그리 했겠는가. 또 내 어찌 주제넘어서 그리 했겠는가.

하지만 그대가 이미 나를 주제넘다 했으니, 주제넘음을 피하지 않고 큰 소리로 한번 말하겠다. 일찍이 『강희자전』康熙字典을 보니 '늑'𤞤 자가 실려 있는데 '조선 종실의 이름'이라고 되어 있고, '답'畓 자는 '고려 사람들이 논[田]을 일컫는 말이다'라고 되어 있으며, 우통尤侗의 악부는 우리나라 속어가 많다. 그대는 장차 알게 되리라. 훗날 중국에서 말을 널리 채집하는 자가 내가 지칭한 사물의 이름을 기록하고 주석하기를, '조선의 경금자絅錦子 : 이옥의 별호가 말한 것'이라고 할 것이다. 하, 우습도다.

낭송Q시리즈 서백호
낭송 이옥

2부
내 마음의 풍경들

2-1.
스러져가는 것들에 대한 애상

내 기억에, 여덟 살 때 아버님을 따라 홍보동으로 꽃
구경을 온 적이 있었다. 홍보동은 연희궁 동편, 의소
묘의 남쪽에 있는데, 숲이 넓어 작은 초지가 될 만하
고 붉은 진달래꽃으로 빽빽하여 햇빛이 새어들 틈이
없었다. 그중 오래된 진달래나무는 부여잡고 오를 수
도 있을 정도였는데, 진실로 노을빛의 비단 휘장과
같았다. 맑은 샘이 있어 물을 마실 수 있었고, 풀들은
방석 삼아 깔고 앉을 수 있었다. 이에 화전을 부쳐 먹
고 시를 지었는데, 내가 "볕 향한 꽃은 비단을 닮았고,
풀로 가득한 땅은 방석과 같구나"라 한 것은 사실 그
대로였다. 그때 듣기로는, 예전에 홍보덕:홍국영으로 추
정이 이곳에 살았는데, 진달래꽃을 모두 그가 심은 것
이라 마을 이름을 홍보덕동이라 했다고 한다. 그런데

지금은 와전되어 홍보동 혹은 홍패후동이라 부른다
는 것이다.

그후 기해년에는 두 형님과 여러 벗들을 따라 안현鞍
峴에서 출발하여 산사에서 점심을 먹고, 해가 질 무렵
독송정 아래 도착했다. 어떤 자가 신분이 높아져 진
달래 꽃밭 서편에 별장을 짓는데, 바람이 잘 통하는
헌함軒檻: 누각의 기둥 밖으로 난 좁은 마루와 물로 둘러싸인 누
각을 짓는 공사가 끝나기도 전에 관가에 몰수되었다
고 한다. 때는 봄기운이 한창이고 석양이 내려앉기
시작하는데, 객도 취하고 꽃 또한 취하여 아름다운
홍색이 얼굴을 비추고 맑은 향기가 코끝을 스치니,
너무도 사랑스러워 자리를 뜰 수 없었다. 어린 종이
꽃을 꺾는 바람에 마을 사람들과 한바탕 소란을 벌이
고 돌아왔다. 처음 놀러가서 본 지가 이미 오래되었
는데, 꽃이 전과 다름을 알지 못했다. 그후로는 매년
봄이 되면 내 마음이 그 숲에 있지 않은 적이 없었다.
올 신해년 3월, 부슬비가 그치고 따스한 바람이 불어
오니, 조애照厓 : 서울의 옛 지역. 서대문 부근으로 추정에서 걷기
시작하여 의소묘 시냇가를 쉬엄쉬엄 걷고 산자락 몇
개를 넘어 홍보동으로 가면서, 붉은 진달래꽃이 흐드
러지게 피었으려니 생각했다. 그러나 이르고 보니 꽃
잎 한 장 찾아볼 수 없었다. 꽃만이 아니라 나무도 없

었고, 나무만이 아니라 뿌리 또한 없었다. 마을 장정이 구덩이를 파고 재와 거름을 채워서 호박을 심으려 하는 것이 보였다. 아래편을 보니 물 위의 누각도 없어지고, 군데군데 네모지고 하얀 주춧돌만이 화표주華表柱: 성곽이나 능묘 앞에 세운 돌기둥처럼 남아 있을 뿐이었다. 가을날처럼 쓸쓸한 것이 이내 감상에 젖게 하니, 신선 마고할미가 뽕나무밭으로 변한 푸른 바다를 보고도 통곡하지 않은 것이 모진 마음이었음을 비로소 알게 되었다.

아! 13년 만에 다시 와서 놀았고, 또다시 13년 만에 놀러 왔거늘, 어찌하여 전에는 꽃이 변하지 않았는데 뒤에는 변했단 말인가. 꽃의 변화를 내가 알겠노라. 늙은 것이 쇠하면 어린 것이 다시 번성하고, 벤 것이 없어지면 새싹이 이어 자라나게 마련인데, 비록 성쇠의 다름이 있을지언정 이처럼 완전히 없어지는 경우는 없는 것이다. 혹시 나무하고 꼴 먹이는 아이들이 하루아침에 베어버리고 그 뿌리까지 캐내서 그런 것인가? 아니면 세월이 오래되어 늙은 것은 더욱 늙고 어린 것은 다시 싹트지 못해 그런 것인가? 홍보동은 이제 끝났구나.

그러다 문득 생각하니, 호상湖上의 벗 이상중의 집에 복사꽃 동산이 있는데, 해마다 봄날이 저물어 갈 때

면 붉고 푸른 꽃잎이 어지러이 사람들 옷에 흩날리
고, 수양버들이 늘어져 가지가 땅에 끌리는 것을 내
가 매우 좋아했다. 이 또한 못 본 지가 11년이니, 이십
랑 집의 늙은 매화처럼 변해버린 줄을 알 수 없지 않
은가? 옛사람들이 이르길, 복사꽃은 단명하는 꽃이
고 오래 기다려 줄 벗이 아니라 했으니, 폐허에 자라
는 잡초처럼 변하지 않았으리라고 어찌 알겠는가. 내
만일 이상중을 만나게 되면, 복사꽃은 잘 있는지 꼭
물어보리라.

2-2.
만남을 놓치고 통곡하다

(1) 가련의 안타까운 천생연분

함흥의 기녀 중에 '가련'이란 이가 있었는데, 얼굴은
매우 아름답고, 성격은 기개가 있고 당당했다. 또 시
문詩文을 제법 잘 이해하여 제갈량의 「출사표」를 낭랑
하게 외웠으며, 술 잘 마시고 노래 잘하고, 검무에 능
하고, 거문고 연주와 퉁소 품평도 잘했다. 바둑과 쌍
륙에도 능하여 사람들은 모두 그를 '재기'才妓라 칭했
으나, 자신은 여협女俠이라 자부했다.

일찍이 함흥부 태수를 따라 낙민루에 올랐는데 만세
교에서 오는 사람을 바라보니 미소년이었다. 옷차림
은 곱고 사랑스러웠으며 용모가 수려하여 그 풍채와
운치가 사람의 마음을 움직일 만하였다. 열 명이 검
은 말을 타고 호위하였으며, 그 뒤로는 따로 금낭, 시

통詩筒: 한시의 운두를 얇은 대나무조각에 써서 가지고 다니던 통, 술
동이를 실은 말 한 마리가 따르고 있었다. 가련은 그
가 분명 자신에게 오는 것이라 여겨 병을 핑계대고
집으로 돌아와보니, 아니나 다를까 나귀가 문밖 작은
복숭아나무에 매여 있었다. 마침내 그를 중당으로 들
여 기뻐하는 것이 흡사 평생지기인 듯하더니, 이에
문을 닫고 촛불을 밝히고는 방에서 유흥을 펼쳤다.
그와 함께 시를 짓는데 가련이 화답하면 소년이 부르
고 소년이 화답하면 가련이 불렀으며, 함께 거문고를
타고 노래하니 가련이 거문고를 타면 소년이 노래하
고 가련이 노래하면 소년이 거문고를 탔다. 함께 술
을 마시니 가련이 부어주면 소년이 마시고 소년이 술
을 따르면 가련이 마셨으며, 함께 바둑을 두니 소년
이 이기면 가련이 지고, 함께 쌍륙을 하니 가련이 이
기면 소년이 졌다. 함께 퉁소를 부니 봉황 한 쌍이 날
아와 그 만남을 기뻐하는 듯했고, 함께 칼춤을 추니
나비 한 쌍이 짝지어 헤어질 줄 모르는 듯했다.
가련이 매우 기뻐 과분하다 여기며 스스로 생각하기
를 '나는 이 세상에서 이 사람 하나를 만난 것으로 족
하다. 내가 이 세상을 헛 살지는 않았구나.' 하고는,
오히려 자신이 합당한 상대가 되지 못할까 염려하였
다. 이에 먼저 쪽진 머리와 치마를 풀고서 술기운에

의탁하여 잠을 청했다. 그런데 소년은 안절부절 즐겁지 않은 듯했다. 등불이 꺼지고 향로 향기가 사람에게 풍기는데도 소년은 다만 벽을 향해 모로 누워서는 긴 한숨을 쉬고 짧은 탄식을 뱉을 뿐이었다. 가만히 기다리고만 있던 가련이 한참 후에는 의심이 들어 가까이 가서 확인해보니, 그는 고자였다.

가련은 벌떡 일어나 손으로 땅을 치며 통곡했다. "하늘아, 하늘아, 이 사람아! 이 사람아, 하늘아!" 한바탕 통곡한 후 문을 열고 내다보니, 달은 지고 날은 밝아 새가 울고 꽃이 지고 있었다.

(2) '만남'의 어려움에 대하여

가련은 통곡을 잘한 사람이라고 하겠다. 가련의 통곡이 어찌 정욕을 이루지 못함을 상심해서이겠는가. 아마도 천고에 만남이 어려운 것을 두고 통곡한 것이리라. 천지간에 사람 만나는 것에는 두 가지가 있으니, 하나는 임금과 신하요, 또 하나는 남자와 여자다. 이는 오직 사람과 사람이 만나서 이루어지는 것이니 그 사이에 비애와 환락이 있는 것이 인지상정이다. 그렇다면 만남을 얻은 자가 기쁘고 즐거운 것과 얻지 못한 자가 슬프고 애통한 것은 군신이나 남녀나 매한가지일 것이다. 비통한 노래를 부르며 칼을 치는 것은 때를 만나지 못한 선비에게 많고, 거울을 가리고 울음을 터트리는 것은 박명한 여자에게서 많이 보이니, 이는 남편과 군주가 그들이 의지하고 우러러보는 존재이기 때문이다. 정성껏 매달리며 마음을 전하는 것은 여자가 남자보다 간절하지 않을 수 없고, 신하가 군주보다 더하지 않을 수 없으니, 사람의 정이 또한 그렇지 아니한가. 이 때문에 남녀를 막론하고 재능을 품고 기예를 갖추어 그것을 갈고 닦으며 스스로를 아끼는 자가 그러한 상대를 구하려 하는 것이다. 구름은 용을 따르고 바람은 호랑이를 따른다고 했으니, 임금이 신하를 택할 뿐 아니라 신하 또한 임금을 택한다. 마치 심산에서 금맥을 캐듯 만남을 구하고, 푸른 바다에서 명월주를 발견한 것처럼 만남을 얻으니, 이미 군자를 만났다면 어찌 기쁘지 않다 하겠는가.

함흥은 대로다. 내 일찍이 관찰사와 어사가 깃발을 날리며 수레를 몰아 이르는 것을 보았고, 절도사와 변방의 장수들이 깃발을 앞세우고 고동을 울리면서 지나가는 것도 보았다. 또 일찍이 귀족 자제들이 화려한 복장에 날랜 말을 타고 다니는 것도 보았고, 부유한 장사치들이 은전을 가볍게 알고 수 놓인 비단을 대수롭지 않게 여기며 노는 것도 보았다. 그러나

시는 잘 짓지만 술을 마실 줄 모르는 자는 내 짝이 아니요, 술은 잘 마시지만 노래를 못하는 자는 내가 좋아하지 않는다. 노래는 잘하지만 거문고를 타지 못하는 자는 내 마음에 드는 자가 아니요, 거문고는 잘 타지만 바둑을 잘 못 두는 자는 나의 짝이 아니며, 바둑은 잘 두지만 춤을 못 추는 자는 내 인연이 아니다. 쌍륙에서 퉁소까지 내가 능한 것에 모두 능한 이후라야 '이 사람'이라 할 것이다.

이 세상에서 이런 자를 어찌 쉽게 얻을 수 있겠는가. 아득하고도 아득하구나. 이리 뒤척 저리 뒤척한 지도 진실로 오래로다. 그런데 무지개다리에 석양이 질 무렵, 멀리 바라보니 문득 눈앞이 훤해지며 아름다운 한 사람이 청명하게 고운 자태를 떨치는도다. 해후하여 서로 만났으니 내 바람에 꼭 들어맞는구나. 돌아와 등불을 켜고 술잔을 기울임에 내가 노래하면 네가 화답하니, 왼쪽은 왼쪽대로 군자다우며, 오른쪽은 오른쪽대로 군자의 자태로다. 오직 그이만이 이것을 가졌고, 그이만이 군자를 닮았도다. 이러한 때를 당하니 커다란 물고기가 큰 물을 만난 이요, 큰 새가 순풍을 만난 것이며, 어진 신하가 성군을 만난 것이다. 감히 백 년은 못 바라고 하루 저녁만이라도 다행인 것이다. 이 밤이 어떤 밤이기에 이러한 해후가 있단 말

인가. 그대여 그대여, 이 해후를 어찌할까나. 절로 정
신이 맑아지고 뜻은 충만해지며, 생각은 뿌듯하고 몸
은 편안해지니, 설령 오늘밤 그대를 위해 죽는다 해
도 내 진정 달게 여길 것이다.

그러나 누가 알았으랴. 남들이 능하지 못한 것에 능
한 자가 오히려 남들이 능한 것에 능하지 못하고, 남
들이 가지지 못한 것을 가진 자가 저 홀로 남들이 가
진 것을 가지지 못했음을. 하여, 분명 만났으되 만나
지 못했다는 한탄이 남았으니, 아, 끝이로구나! 이 세
상에서 '이 사람'이란 진실로 만날 수 없는 것인가!

사람이 만나지 못함을 슬퍼함에 있어, 마땅히 만나지
못할 곳에서 만나지 못한 것이라면 슬퍼할 것이 없
고, 만날 만한 곳에서 만나지 못한 것이라야 슬픈 것
이다. 가의賈誼는 문제文帝를 만났으나 만나지 못했기
에 슬퍼했고, 이광李廣은 무제武帝를 만났으나 만나지
못했기에 슬퍼했다. 어찌 이들뿐이겠는가. 성인도 그
러했으니, 맹자가 제齊나라를 떠날 때 사흘을 묵었다
가 주晝 땅을 나서면서 기쁘지 않은 기색을 감추지 못
했던 것도 제나라 왕을 만났으나 만나지 못했기 때문
이다. 지난날 제선왕齊宣王과의 일이 없었다면, 맹자
가 어찌 제나라 왕을 만나지 못했음을 애석하게 여겼
겠는가.

그러한즉 가련이 갑자기 일어나 목놓아 통곡한 것은 실로 그가 만나기 어려운 사람을 만났으나 만나지 못했음을 통곡한 것이다. 이 어찌 비통하지 않은가, 이 어찌 애절하지 않은가. 그러므로 말한다. 가련이 통곡한 것은 정욕을 이루지 못했기 때문이 아니라, 천고에 만남이 어려운 것을 슬퍼한 것이다. 이 어찌 통곡을 잘한 자가 아니겠는가?

2-3.
가을을 타는 남자가 진정한 남자

선비가 가을을 슬퍼하는 것은 서리 내리는 것을 슬퍼하는 것인가? 선비는 초목이 아니다. 그렇다면 장차 추워짐을 슬퍼하는 것인가? 선비는 기러기나 벌레가 아니다. 때를 만나지 못한 방랑객이나 고향을 떠나는 나그네라면 어찌 꼭 가을을 기다려 슬퍼하겠는가? 이상하구나! 바람을 맞아 흐느껴 탄식하며 홀로 즐기지 못하고, 달을 보면 우울하여 눈물을 쏟을 지경이 된다. 저들이 슬퍼하는 것은 대체 무엇 때문인가? 슬퍼하는 자에게 물으니, 슬퍼하는 자 역시 슬프다는 것만 알 뿐 왜 그것이 슬픈지는 알지 못한다.

아, 나는 알겠다! 하늘은 남자요 땅은 여자라, 여자는 음의 기운이요 남자는 양의 기운이다. 양기는 자월子月: 음력 11월에 생겨나 진월辰月과 사월巳月에 왕성한 까닭에 사월은 순전한 양의 기운이 된다. 그러나 천도는 성하면 쇠하는 법이니, 사월 이후로는 음이 생겨나고 양은 점차 쇠한다. 쇠하여 서너 달 정도가 지나면 양의 기운이 스러지고 소멸하는데, 옛사람들이 이때를 일러 가을이라 한 것이다. 그러므로 가을이라는 것은 음의 기운이 성하고 양의 기운은 없는 때다. 촉군蜀郡의 동산이 무너지려 하니 낙양洛陽의 종이 울고, 자석이 가리키는 바 철침鐵鍼이 달려오니, 사물이 또한 그러한 것이다. 그럴진대 사람으로서 양의 기운을 타고난 자가 어찌 가을을 슬퍼하지 않겠는가. 속담에 이르기를, "여자는 봄을 타고, 남자는 가을을 탄다"고 하였으니, 이는 천지의 감응인 것이다.

어떤 이가 말했다.

"그대의 말대로, 선비가 슬퍼하는 것이 진실로 양의 기운이 쇠함을 슬퍼하는 것이라면, 온 세상의 수염난 자는 모두 가을을 슬퍼해야 할 것이오. 그런데 어찌 선비만 가을을 슬퍼한단 말인가?"

내가 답했다.

"그렇소. 바야흐로 가을 기운이 성하면, 그 바람은 빨라지고, 새들은 멀리 날아가고, 물은 소리내 울고, 꽃은 노랗게 피어 정숙하고, 달은 유난히 밝아 침울하게 양의 기운이 스러지는 기미가 소리와 기운에 넘치니, 이를 우연히 접한 자라면 누구인들 슬퍼하지 않겠는가. 아! 선비보다 아래에 있는 자들은 노동을 하느라 알지 못하고, 세속에 매몰된 자들은 취생몽사醉生夢死오. 오직 선비만이 그렇지 않으니, 그의 식견은 애상을 분별하기에 충분하고, 그의 마음은 사물에 잘 감응하니, 혹은 술을 마시고, 혹은 검을 다루고, 혹은 등불을 밝혀 고서古書를 읽고, 혹은 새와 벌레의 소리를 듣고, 혹은 꽃을 따면서, 고요히 그것을 살피며 마음을 비우고 받아들이지요. 그러므로 천지의 기미는 안으로부터 느끼는 것이요, 천지의 변화는 밖으로부터 느끼는 것이외다. 하니, 이 가을을 슬퍼하는 자가 선비가 아니라면 누구겠소? 슬퍼하지 않고자 해도 그럴 수 있겠소? 하여, 송옥은 '슬프구나! 가을의 기운이여!'라 했고, 구양수는 '이것이 가을소리로다'라고 하면서 가을을 슬퍼한 것이오. 이러한 사람이야말로 선비라 할 만하지 않겠소?"

내가 저녁을 슬퍼하다가, 가을이 슬퍼할 것이 없는데도 왜 슬퍼지는지를 알았다. 하루의 저녁이 되어 산이 붉어지고, 뜰의 나뭇잎이 잦아들고, 날개를 접은 새는 처마를 엿보고, 창연히 어두운 빛이 먼 마을에서부터 이른다면, 그 광경을 접한 자는 반드시 슬퍼하여 기쁨을 잃어버릴 것이니, 이는 지는 해가 애석하기 때문이 아니라 그 기운이 슬프기 때문이다. 하루의 저녁도 슬퍼할 만한데, 일 년의 저녁이 어찌 슬프지 않겠는가?

또, 사람이 늙고 허약해짐을 슬퍼하는 것을 보건대, 사십 오십에 머리털이 희어지고 기혈이 점차 메마름을 슬퍼하는 것은 칠십 팔십이 되어 이미 노쇠한 자들보다 갑절은 되는 것 같다. 아마도 이미 노인이 된 자는 어쩔 수 없다고 여겨 슬퍼하지 않는 반면, 사십 오십에 비로소 쇠약해지기 시작한 자는 유독 슬픔을 느끼기 때문이리라. 사람이 밤은 슬퍼하지 않지만 저녁은 슬퍼하고, 겨울은 슬퍼하지 않지만 유독 가을은 슬퍼하는 것도, 어쩌면 나이 사십 오십된 자가 노쇠함을 슬퍼하는 것과 같지 않겠는가.

아! 천지는 사람과 한 몸이요, 십이 회會는 일 년이다. 내가 천지의 나이를 알지 못하니, 천지는 이미 가을인가, 아닌가. 어쩌면, 이미 지나버린 것인가. 나는 못내 그것을 슬퍼하노라.

2-4.
못 잊을 사람은 끝내 못 잊는 법

임자년(1792) 봄, 나는 성균관 생원으로 늘 성균관에서 유숙하였다. 이때 양운득이라는 아이가 있었는데, 나이는 겨우 열두 살에 성품이 매우 총명하였고, 체구는 작지만 예쁘장한 것이 예뻐할 만했다. 그 아이는 성균관 동재東齋의 세번째 방에 있는 유생들의 심부름을 하며 내 일을 도와주었는데, 나는 그 아이를 매우 아끼고 좋아했다. 내가 운득이를 좋아하니 나와 함께 있는 이들도 모두 그 아이를 좋아했고, 운득이도 내 치다꺼리를 하느라 차마 가지도 못하고, 먹을 때는 내가 남긴 것을 먹고 잘 때는 내 발치에서 잠들었다. 내가 성균관에 있을 때는 그렇게 운득이가 내곁에 있지 않은 적이 없었다.

그러나 을묘년(1795) 이후로 나는 다시는 성균관에

서 노닐지 못했고, 운득은 병진년(1796) 봄에 박상좌를 따라 금강산을 유람하고 돌아와서는 병이 들어 그해 겨울 세상을 떴다고 한다. 서울의 옛 친구들이 내 고향으로 부음을 전해주었다. 지금까지도 나는 운득이를 잊지 못하지만 이제 다시는 그를 볼 수가 없다.

금년 겨울에 봉성에서 머물렀는데, 마을 아이 중 염시갑이라는 아이가 내게 와서는 밤낮으로 내 시중을 들며 내 곁을 떠나지 않았다. 나이나 생김이 운득이었고, 말씨와 일하는 것이 운득이었다. 몸이 가벼우면서도 영리하고, 과감하고도 꾀가 많은 것이 모두 운득이었고, 내가 그를 좋아하니 친히 와서 날마다 일하는 것도 또한 운득이었다. 내가 시갑을 좋아함은 단지 시갑을 좋아하는 것이 아니라, 운득이를 좋아하기 때문에 시갑을 좋아하는 것이다.

내가 시갑이를 운득이라 여기게 되니, 매일 새벽 꿈이 채 깨지 않았을 즈음, 일이 있어 급히 그를 부를 때 나도 모르게 그만 시갑이를 운득이라 불렀다. 그렇게 부르는 일이 자주 있게 되자 그도 또한 그렇게 응했고, 곁에 있는 사람들은 이를 이상하게 여겼다. 나 역시 그렇게 잘못 부른 것을 부끄럽게 여겼지만, 이는 내가 운득이를 좋아하는 마음이 깊고, 시갑이가 운득이를 닮았기 때문이었다.

2-5.
걱정은 술을 부르고 글을 부르고

나의 동인 중에 걱정이 많아 술 마시기를 일삼는 사람이 있다. 그는 술이 맑아도 마시고 탁해도 마시고, 달아도 마시고 시어도 마시고, 진해도 마시고 묽어도 마시고, 많아도 마시고 적어도 마시고, 벗이 있어도 마시고 벗이 없어도 마시고, 안주가 있어도 마시고 안주가 없어도 마신다.

내가 물었다.

"왜 술을 마시는가?"

"내가 마시는 것은 맛을 얻으려 하는 게 아니요, 취함을 얻으려 하는 것도 아니며, 배부름을 얻으려 하는 것도 아니요, 흥을 얻으려 하는 것도 아니요, 이름을 얻으려 하는 것도 아니라네. 걱정을 잊으려 마시는 게야."

"어떻게 술로 걱정을 물리칠 수 있단 말인가?"

"나는 걱정할 만한 몸으로 걱정할 만한 지경에 처했고, 걱정할 만한 때를 만났네. 걱정이란 마음속에 있는 것이라, 마음이 몸에 있으면 몸을 걱정하고, 마음이 처하는 곳에 있으면 처하는 곳을 걱정하고, 마음이 어떤 일을 당한 때에 있으면 그 때를 걱정하는 것이니, 마음이 있는 곳이 걱정이 있는 곳이라네. 그러므로 그 마음을 옮겨 다른 곳으로 가면 걱정이 따라오지 못하지.

지금 내가 술을 마시면서 술병을 잡고 흔들면 마음이 술병에 있게 되고, 잔을 잡아 술이 넘치는 것을 조심하면 마음이 술잔에 있게 되고, 안주를 집어 목구멍으로 넘기면 마음이 안주에 있게 되고, 손님에게 잔을 돌리면서 나이를 따지면 마음이 손님에게 있게 되어, 손을 뻗을 때부터 입술을 닦기까지 잠시나마 걱정이 없어진다네. 신변에 걱정이 없어지고, 처한 곳에 걱정이 없어지고, 때를 잘못 만난 것에 대한 걱정이 없어지니, 이것이 내가 술을 마시면서 걱정을 잊는 방법이요, 술을 많이 마시는 까닭이라네."

나는 그의 말이 옳다 여기며, 그의 심정이 서글퍼졌다. 아아! 내가 봉성에서 지은 글 역시 동인이 술을 마시는 것과 같은 것인가.

2-6.
밤이 길고 짧은 것은 내 마음 탓

경금자綱錦子:이옥의 별호는 등불 심지가 다 되자 잠자리
에 들었다가 잠에서 깨어나 아이 종을 불러 물었다.
"밤이 얼마나 되었느냐?"
"아직 자정이 되지 않았습니다."
도로 자다가 또다시 깨어나 물었다.
"밤이 얼마나 되었느냐?"
"아직 닭이 울지 않았습니다."
다시 억지로 잠을 청했지만 잠을 이루지 못하고 뒤척
이다가 깨어나 또 물었다.
"밤이 얼마나 되었느냐? 방이 훤하구나."
"달이 지게문에 마주 비춘 것입니다."
"허참! 겨울밤이 몹시도 길구나."
"어찌 길겠습니까? 어르신에게만 긴 것입니다."

경금자가 성을 내며 꾸짖었다.

"그 이유를 설명할 수 있겠느냐? 못하면 매를 들 것이다."

"먼 곳에서 온 좋은 친구와 가까웠던 옛날의 벗을 우연히 만나 술을 드신다고 가정해 보십시오. 앙제제사에 쓰는 술가 한 섬, 추로가 다섯 말, 술병과 술단지, 술그릇과 악기가 좌우에 늘어서 있고, 통째로 구운 새끼돼지, 푹 익힌 송아지 고기, 구운 꿩고기, 잉어국, 싱싱한 채소, 잘 담근 김치, 금귤, 홍시가 있고, 또 피리를 대려大呂: 12율 중 두번째 음에 맞추고 거문고로 유수流水를 타며, 방중의 음악을 연주하여 군자의 기쁨을 더해줍니다. 이에 검을 뽑아 일어나 춤추고 비파에 맞춰 노래하며, 석 잔 술에도 취하지 않고 열 통의 술도 사양하지 않습니다. 이러한 때라면 밤이 길다고 하겠습니까?

서울의 젊은이들이 도박으로 놀이를 삼아 지패를 던지고 골패를 어루만지며 길을 다투고 숫자를 점검합니다. 그리하여 큰 촛불은 쌍을 이루고 좋은 술은 흘러넘치는데, 점을 쳐서 판돈을 곱절로 걸고, 짝을 지어 번갈아가며 쉽니다. 그러다가 이기던 자가 빚을 지고, 잃던 자가 따게 됩니다. 천성이 먹고 마시는 것을 기본으로 하고, 소견은 도박을 공훈과 사업으로 여겨, 나아감은 있으나 물러섬은 없습니다. 눈에 눈곱도 끼지 않은 채 주먹을 휘둘러 벽에 대고 성을 내며, 소리치고 지껄이는가 하면 혀를 차며 탄식하기도 합니다. 이러한 때라면 밤이 길다고 하겠습니까?

열여섯 아리따운 여인과 열여덟 다정한 낭군이 떨어져 있을 때가 많다보니 만날 때마다 새로워 정은 가득하고 그리움은 깊습니다. 이에 비단 옷자락을 잡고 침실 문을 열고 조호雕胡를 먹고 향초를 태웁니다. 이윽고 허리띠를 풀고 희디흰 팔을 끌어당기는데, 마음은 누운 자리를 따라 갈수록 그윽해지고, 정은 이불과 함께 점점 두터워지니, 몸은 나른하기가 봄과 같고, 정신은 술을 마신 듯 화창합니다. 꽃 같은 땀이 미세하게 맺히는데 좋은 꿈은 오래가지 않습니다. 행여 닭이 울까 염려하고, 비단창이 아직 어두운 것을 아낍니다. 천신이 이러한 사정을 헤아려 밝은 달을 달아 비추지 않기를 원합니다. 이런 때라면 밤이 길다고 하겠습니까?

물건 파는 백성은 길가에 집이 있어 먼저 닭이 울고 이어 파루를 알리는 종소리가 들리면 바로 일어나야 하니 잠도 못 잡니다. 어린 딸아이는 화장품을 정리하고, 막내아들은 담뱃잎을 저울에 달고, 동이를 세척하여 누룩을 빚고, 등잔불을 밝혀 돈을 셉니다. 기술이 있는 자들은 각자 그 재주로 먹고 사는데, 정해진 기일이 여러 번 어긋나게 되면 등불로 햇빛을 이어가며 구리를 갈고 나무를 대패질하여 관과 띠와 옷과 신을 쉬지 않고 만드니, 감히 제 마음대로 그만두지 못합니다. 이러한 때라면 밤이 길다고 하겠습니까?

대부는 관을 쓰고, 학사는 붉은 비단옷을 입는데, 일이 바쁠 때는 일찍 조회에 나갔다가 늦게 귀가합니다. 이에 마음을 쓰고 힘을 다하여 급히 밥을 먹고 별을 이고 나갔다가, 관청에서 귀가하면 객들의 신이 섬돌 위에 그득한데, 우두머리 하인은 말을 머뭇거리고, 시중드는 여인들은 이리저리 엿보며 자주 탓하고 연신 하품을 하니, 마음은 지치고 몸은 피곤합니다. 이윽고 관청 소속 노복들이 이르러 등불이 밝게 빛나는데, 이미 새벽을 알리는 북소리가 그치고 대궐문이 열려 밤이 아침 같고 오늘은 어제와 같습니다. 이러한 때라면 밤이 길다고 하겠습니까?

과거를 준비하는 유생들이 과거 기일이 멀지 않은데, 욕망은 끝없고 바람은 간절하니, 싸늘한 모포를 덮고 책상에 의지하여 깊은 등잔 짧은 심지에 『시경』을 외우고 『주역』을 읊조리며, 문장을 연결하고 구절을 분석하기를 닭이 알을 품듯 정신을 안으로 집중합니다.

다행히 여유가 있으면 표문, 전문, 사부를 짓기도 합니다. 옛날에 소진은 다리를 송곳으로 찔러가며 공부했고, 사마온공은 둥근 나무를 베개로 삼았습니다. 나도 또한 뜻이 있으니 어느 시대인들 현자가 없겠는가, 하는 생각으로 부지런히 힘쓰고 꼿꼿이 혼자 앉아 마음을 다지며 한 해를 보냅니다. 이러한 때라면 밤이 길다고 하겠습니까?

옛날에 어떤 지인至人이 집에 머물며 행동이 고요했습니다. 감각기관을 닫고 내관內觀을 하며 앉아 있는 모습이 허물 벗은 매미와 같으니, 음은 있으되 양은 없으며, 낮도 아니고 밤도 아니었습니다. 이에, '미묘함이여! 광활함이여! 그윽함이여! 황홀함이여! 혼돈이여!' 하며 오묘한 상象을 움켜쥐었습니다. 이러한 때라면 밤이 길다고 하겠습니까?"

경금자가 마음에 느껴지는 바가 있어 한참 만에 아이 종에게 물었다.

"너는 무엇을 하기에 밤이 긴 것을 알지 못하느냐?"

"소인은 천하의 천한 자로, 밖으로는 만사를 알지 못하고, 안으로는 칠정을 알지 못하며, 생각하는 것도 없고 계획하는 것도 없으며, 밥이 되면 먹고 날이 어두워지면 잡니다. 두 가지 맛 중에 어느 것이 더 맛있는지도 알지 못하는데, 어찌 밤 시간의 경과를 일일이 기억하겠습니까?"

이렇게 말을 마치고는 다시 잔다. 경금자가 탄식하며
말했다.

"아! 내가 듣건대, '성인은 하늘을 본받고, 하늘은 어
린아이를 본받는다'고 하였다. 이는 알지 못함을 말
한다. 알면서도 모르는 것과 몰라서 모르는 것은, 모
른다는 것에 있어서는 같다. 나는 누구를 따를 것인
가? 아이 종을 따를 수밖에!"

2-7.
삶이 원통해도 원망하지 말라

이와 같이 나는 생각해 본다. 대한, 소한 날씨가 추울
때, 나는 어떤 곳에서 머물며 휑하고 차가운 방에서
옷을 벗고 홀로 누워 있었다. 때는 한밤중인데 눈보
라가 크게 몰아쳤다. 이때 갑자기 아궁이 불에 온기
가 없어지고, 이때 이불은 점점 가볍고 얇아진다. 나
는 추위를 타서 온몸이 떨리니 일어나 앉을 수도 없
고 잘 수도 없었다. 기다란 몸을 짧게 굽히고, 목을 움
츠리며 이불 속으로 들어갔다.

나는 이때 생각해 보았다. 서울 성안에 가난한 선비
가 이 같은 밤을 당하여 사흘 동안 쌀이 없고, 열흘
동안 땔감이 없으며, 말똥과 쌀겨가 있을 뿐이다. 세
간에 사람을 따뜻하게 해줄 물건은 저절로 오지 않
고, 털 빠진 개가죽과 구멍 뚫린 부들자리만 있다. 휘

장도 없고 이불도 없고, 요도 없고 모포도 없고, 병풍
도 없고 등잔도 없고, 깨진 화로에는 불씨도 없다. 그
러나 이 방안에서 이토록 심한 추위를 견디고 이토
록 긴 밤을 지낼 수밖에 없다. 하여 오른쪽 어깨를 드
러내고, 곧바로 죽을 마음으로 머리를 땅으로 향하
게 하고, 무릎은 가슴에 붙이고, 귀는 젖가슴에 파묻
고, 등뼈를 활처럼 둥글게 하고, 손은 새끼줄로 동여
맨 듯이 하였다. 처음엔 어린 양 같더니, 잠자는 소 같
기도 하고, 조는 고양이 같기도 하고, 묶인 사슴 같기
도 하니, 그 형세가 살았다고도 할 수 없고 죽었다고
도 할 수 없는 채, 한 가닥 온기만이 목구멍 사이에서
나왔다 들어갔다 하였다. 가깝게는 오직 해가 속히
나오기를 바라고, 멀게는 화창한 봄이 빨리 돌아오기
만을 바랄 뿐, 이밖에는 한 점 다른 생각도 없었다. 이
것은 제팔빙상지옥第八氷床地獄이라 할 만한데, 그래도
사람이 활동하는 세상을 없앨 수는 없는 것이다.

내가 거처하는 곳을 저곳에 비교해 보면, 여기는 바
로 따뜻한 방, 따뜻한 이불, 따뜻한 구들이다. 이런 생
각을 하니, 문득 훈훈한 바람이 뱃속에서 일어나 방
안을 두루 가득 채우니 내가 있는 방 안이 마치 활활
타는 큰 화로 같았다.

나는 이런 생각을 가는 곳마다 떠올린다. 위 속이 비

어 있을 때는 도리어 굶주리는 백성을 생각해본다. 이들은 한 달에 아홉 번 밖에 먹지 못하여 달력을 보아가며 불을 지핀다. 오랫동안 집을 떠나 있을 때는 도리어 멀리 떠난 나그네를 생각해본다. 이들은 만리 타향에서 십 년 동안 집에 돌아가지 못하고 있다. 몹시 졸릴 때는 도리어 아주 바쁜 관리들을 생각해본다. 이들은 파루를 알리는 종소리가 울고 물시계의 물이 다할 적에 닭 울음소리를 듣고 입궐했다가 서리 내린 새벽에 퇴궐한다. 처음 과거에 떨어졌을 때는 도리어 궁색한 유생을 생각해본다. 이들은 머리가 하얗게 세도록 경전을 궁구했지만 향시에 한번도 합격하지 못했다. 외롭고 적막함을 한탄할 때는 도리어 노승을 생각해본다. 이들은 인적 없는 산을 쓸쓸히 다니며 홀로 앉아 염불한다. 음탕한 생각이 일어날 때는 도리어 환관들을 생각해본다. 이들은 어찌하지도 못하고 외롭게 홀로 잠든다.

이 생각 저 생각 만 가지 생각이 떠오르니, 아승기阿僧祇:수로 표현할 수 없을 만큼 많은 수 같은 생각이요 항하의 모래 같은 상념이다. 이런 생각이 일어나는 것은 목마른 자가 제호탕[佛法]을 마시거나 병든 자가 대의왕붓다의 옥약을 복용하는 것과 같다. 이는 나무관세음보살의 버들가지와 병 속의 감로법수라 이를 만한 것이다.

2-8.
거울아, 거울아, 늙음이 서럽구나

"아, 거울이여! 사람들은 자기 얼굴을 알지 못해 반드시 너를 통해 얼굴을 보게 되니, 네가 내 얼굴을 보여주는 것이다. 그런데 네가 내 얼굴을 보여주는 것에 다름이 있음을 너는 어찌 모르는 것이냐. 나는 모르겠구나. 네가 보여준 얼굴이 예전에는 가을물처럼 가볍고 흰했는데 어찌하여 지금은 마른 나무처럼 축 처졌으며, 예전에는 연꽃이 비치고 노을이 빛나듯 하던 것이 어찌하여 돌이끼의 검푸른 빛이 되었는가. 또 예전에는 구슬처럼 빛나고 거울처럼 반짝이던 것이 어찌하여 안개가 해를 가린 듯 빛을 잃었으며, 예전에는 다림질한 비단 같고 볕에 말린 능라 같던 것이 어찌하여 늙은 귤의 씨방처럼 되었으며, 예전에는 부드럽고 풍만하던 것이 어찌하여 죽어서 나동그라진

누에처럼 되었으며, 예전에는 칼처럼 꼿꼿하고 구름 걷힌 하늘 같던 것이 어찌하여 부들숲처럼 황량하게 되었는가. 예전에는 단사^{丹沙}를 마신 듯 앵두를 머금은 듯하던 것이 어찌하여 빛바래고 해진 주머니같이 되었으며, 예전에는 조개를 둘러놓은 성곽 같던 것이 어찌하여 울퉁불퉁 누런 먼지가 끼게 되었으며, 예전에는 봄풀이 새로 돋아난 듯하던 것이 어찌하여 길게 늘어진 흰 실과 같이 되었는가? 지금의 얼굴을 예전의 얼굴과 견주어보면, 친족과 형제는 모습이 서로 비슷하기라도 하거늘, 어찌하여 그 둘은 이리도 다르단 말이냐?

아! 예닐곱 살부터 너를 통해 내 얼굴을 본 이래로 지금까지 사십여 년이 흘렀으니 내 나이도 오십에서 하나가 부족하다. 정신은 졸아들고 안색은 말라가며, 살은 늘어지고 피부는 주름지며, 눈썹은 희게 세고 시력은 흐려지며, 입술은 거뭇하고 이빨은 엉성해진다. 이 모두가 진실로 기약된 것이기는 하나, 내 나이를 다른 이에게 견주어보면 더욱 사치스러워지고 점점 영화롭게 된 자들이 여기저기 많은데, 어찌하여 나에게만 늙음이 빨리 온단 말인가?

또, 모발이 초목이라면 땅의 성쇠나 절후의 때와 크게 연관되어 있을 것인데, 네가 내 머리털을 희끗희

끗하게 보여준 것이 어언 몇 해란 말인가? 헤아려보니 십칠 년 전 너를 보며 빗질을 하다가 자주 놀랐는데, 이로부터 한 해가 가고 두 해가 가면서 이마에 보이고, 그 다음에는 귀밑머리에 보이고, 다음은 코 앞에 보이고, 다음은 턱에 보였다. 그나마 처음에는 하나 둘씩 보이던 것이 지금은 망건 위에 있는 건 그대로 두고 입 언저리에서 족집게로 뽑는 것만도 사나흘마다 반드시 여남은 개에 이른다. 너를 놓고 뽑지 않았다면 이미 반백이 되어 얼룩져 있을 것이다. 나는 모르겠구나. 어찌하여 내게 이토록 혹독한 것인가?

아! 내 평생 체질이 약하지 않은 것은 아니나 유리처럼 견고하지 못한 정도는 아니고, 정신을 소모하지 않은 것은 아니나 곡신穀神이 도망갈 정도는 아니며, 네 덕분에 근심이 있지만 등불에 애를 태우고 마음을 졸일 정도는 아니며, 기호와 성품이 호방한 덕에 살이 문드러지고 묵은 술지게미처럼 될 정도는 아니다. 또 굶주림이 없지 않지만 매미 허물이나 실 뽑힌 번데기처럼 되지는 않았고, 비애가 없지는 않지만 창자를 도려내는 칼날 정도는 아니며, 추구하고 바라는 바가 없지는 않지만 얼음과 불이 싸우는 지경에는 이르지 않았고, 신산한 고생이 없지는 않지만 체증이 쌓여 파리하게 여위지는 않았으며, 우울하고 답답함이 없지는 않지만 원망하는 「이소」離騷에 이르지는 않았다.

일찍 세상을 뜬 안회의 학문이나 글씨를 쓰고 내려오니 머리가 하얗게 세었다는 위나라 명필 중장의 글씨나 천자문을 완성한 후 하룻밤 새에 머리가 세었다는 양나라 홍사의 글과 같은 것은 내가 따라할 수 있는 게 아니지만, 가만히 그 이유를 궁구해도 진실로 알지 못하겠다. 어쩌면 중년의 나이 또한 이미 저문 것이라 진실로 그것이 마땅한 것인가? 어쩌면 다가올 해가 많이 남지 않아 다른 이의 칠팔십 세처럼 보이는 것인가? 너에게 듣고 싶구나."

"아! 그대는 하나도 모르고 둘도 모르는구나. 부귀를 누리는 자는 순모와 앙재 같은 귀한 음식을 날마다 오장에 부어 넣으니 마치 곡물이 거름을 끼고 자라듯이 혈색이 활짝 펴 있고 살이 풍만하다. 또 신선술을 배우는 자는 신경中經을 호흡하고 단황丹黃을 늘상 두고 먹으니 마치 사슴이 들판에서 먹이를 먹는 것처럼 피부가 아름답고 털에 윤기가 흐른다.

지금 그대는 고기를 먹지 못하고 약도 먹지 못하니, 어찌 예전과 지금 사이에 변함이 없겠는가? 얼굴을 다듬는 자들은 버들을 씹어 양치질하고, 녹두를 탄물로 얼굴을 씻고, 수염을 베고 깎고 수건으로 닦은 뒤 다시 고르게 하여 쓸어내고, 밤껍데기로 주름을 펴고, 향으로 마른 피부를 윤택하게 하고, 명주 수건을 손에 들고 어루만지며 보물처럼 다룬다. 그런데 지금 그대는 한 달이 지나도록 빗질을 안 하고, 사흘이 지나도록 세수도 않은 채 눈곱만 비벼 떼며, 찌꺼기를 묻히며 먹고, 땀으로 젖은 더러운 옷을 입고, 볕에 그을려 얼굴은 새까맣다. 나만 하더라도, 먼지가 껴도 털지 않고 녹이 나도 닦지 않는다면 어찌 낡아빠진 기와조각이 되지 않겠는가? 그대의 늙음은 그대가 자초한 것임을 모르는 것인가?

저 산 아래 돌은 나면서부터 울퉁불퉁한데 세월을 겪어도 그대로 울퉁불퉁하고, 돌 위의 소나무는 나면서부터 볼품없는데 늙어가면서도 그대로이니 기뻐할 것도 슬퍼할 것도 없다. 그러나 소나무 아래 꽃은 날 때는 아름답고 고왔지만 사흘이 지나면 마르고, 또 사흘이 지나면 시들어가고, 다시 사흘이 지나면 색과 향기와 자태에서 예전 모습은 찾아볼 수가 없다.

그대가 어릴 적에는 기생이 던진 꽃들이 다발을 이뤘고, 성인이 되어서는 거리의 구경꾼이 나귀를 막아섰고, 겨우 삼십이 넘은 나이에 구면舊面이 아닌데도 과거 합격자의 반열에서 칭찬도 받았다. 그러나 아름다움이란 진실로 오래 머무를 수 없는 것이요, 명예는 진실로 오래 함께할 수 없는 것이니, 일찍 쇠락하여 변하는 것은 진실로 정해진 이치다. 한데 그대는 어찌하여 애타게 그것을 의심하며, 어찌 우울해하며 그것을 슬퍼한단 말인가? 그래도 묻고 싶다면 조물주에게나 물어보라."

2-9.
설레는 노처녀와 서러운 아낙

(1) 시집가는 노처녀의 마음은 콩닥콩닥

세상에 지극히 어려운 일이 세 가지가 있다. 세력 없는 무반의 첫 벼슬길이요, 쓸 기구 없는 선비의 과거시험이요, 가난한 처녀의 혼인이다. 이 세 가지 중에 가장 어려운 것은 가난한 처녀의 혼인이다.

얼마 전에 한 노처녀가 다행히 혼처를 구해 사주단자가 오고 택일단자가 가고 혼인날짜가 점점 다가오는데, 처녀는 기쁨을 견딜 수 없었지만 체면이 있으니 참고 참았다. 하지만 사람에게 말할 수 없는 걸 더는 참을 수가 없어, 측간으로 달려가 가만히 개를 불러 말했다.

"멍멍아, 내가 내일 모레면 시집을 간다."

하나 개가 어찌 알아 듣겠는가. 그저 하품 한번 하고

말 뿐이니, 그 처녀 민망하고 민망하여 개를 보고 말했다.

"멍멍아, 내가 네게 허황된 말을 할 것 같으면, 내가 네 딸자식이다."

사람의 심정이 이쯤에 이르면, 어찌 지극한 즐거움이 아니겠는가.

(2) 결혼한 여인의 비애

차라리 가난한 집 여종이 될지언정
서리胥吏 마누라는 되지 마소
순라 시작할 무렵 겨우 돌아왔다가
파루 치자 되돌아 나간다네

차라리 서리 마누라가 될지언정
군인 마누라는 되지 마소
일 년 삼백육십 일에
백 일은 빈방으로 지샌다네

차라리 군인 마누라가 될지언정
역관譯官 마누라는 되지 마소
상자 속 비단옷 있다 해도
어찌 오랜 이별을 막으리오

차라리 역관 마누라가 될지언정
장사꾼 마누라는 되지 마소
반 년 만에 호남에서 돌아오더니
오늘 아침 다시 관서로 떠난다네

차라리 장사꾼 마누라가 될지언정
난봉꾼 마누라는 되지 마소
밤마다 어딜 가는지
아침에 돌아와 또 술타령

당신을 사나이라 하여
여자 이 한몸 맡겼는데
나를 어여삐 여기지는 못할망정
어찌하여 번번이 나를 구박하는가

석새베 새 버선
시쳐 만든 것 볼 넓어 문득 싫구나
상자 속에 둔 버선본
어찌 맞춰 보지 않았던가

내 머리 빗질하는 틈 타
나의 옥비녀 훔쳐갔네

있어도 내겐 쓸모 없으나
누굴 줄는지 모르겠네
국과 밥그릇 사납게 집어다가
내 면전에 대고 던지네
당신 변한 입맛 때문이지
내 솜씨가 어찌 전과 다르리오

순라꾼들 지금쯤 흩어졌을까
낭군은 달이 질 때야 돌아오네
먼저 잠들면 반드시 화를 내고
안 자고 있어도 의심을 하네

긴 다리 한껏 뻗어
공연히 내 몸을 걷어차네
붉은 뺨에 푸른 멍 생긴 뒤
무슨 말로 시어른께 답을 하나

자식 없음을 한탄한 지 오래이나
무자식 오히려 좋은 일이구나
지 애비 닮은 자식이면
남은 여생도 이같이 눈물바람

참으로 용하다는 판수 무당
삼재 때문이라 말하네
도화서에 돈 보내
특별히 큰 매그림을 사오라 했네

하루에 삼천 번을 만나면
삼천 번을 모두 화를 내네
발뒤꿈치 계란처럼 둥근 것
이것도 응당 꾸짖으리라

시집올 때 입은 옛 다홍치마
두었다가 수의를 지으려 했는데
낭군의 투전 빚 갚으려고
오늘 아침 울면서 팔았네

밤에 느티나무 아래서 우물물 긷다가
문득 스스로 섧고도 고달파지네
헤어져 혼자 살면 내 한몸 편하겠으나
아직 시부모님이 살아계신다네

낭송Q시리즈 서백호
낭송 이옥

3부
천지만물로부터의 깨달음

3-1.
세상의 거미줄을 피하려거든 신중하고 신중하라

이자李子가 서늘한 저녁에 뜰을 거닐다가 거미가 있는 것을 보고는 걷어내 내치려 하는데, 거미줄 위에서 소리치는 것이 있었다.

"나는 내 줄을 짜서 내 배를 도모하려 하거늘, 그대가 무슨 상관이기에 나를 해치려 하는가."

"덫을 놓아 산 것을 죽이니 너는 벌레들의 적이다. 나는 너를 제거하여 다른 벌레들에게 덕을 베풀려 하노라."

"아, 어부가 놓은 그물에 물고기가 걸려드는 것이 어부가 포학해서겠는가. 옛 관리가 놓은 그물에 걸린 들짐승이 푸줏간에 오르는 것이 어찌 그의 명령 때문이겠는가. 또 법관이 내건 법령으로 인해 극악한 자들이 갇히는 것이 어찌 법관의 잘못이겠는가. 더구나 그대는 내 그물에 걸려드는 놈들을 알기나 하는가.
나비는 허랑방탕한 놈으로 분칠로 단장하여 세상을
속이고, 번화함을 좋아하여 흰 꽃에 아첨하고 붉은
꽃에 아양 떤다. 이 때문에 내가 그물로 잡는 것이다.
파리는 참으로 소인이라 옥을 더럽히고, 술과 고기에
자기 목숨도 잊고 이로움을 좋아하여 싫증낼 줄을 모
른다. 이 때문에 내가 그물로 잡는 것이다. 매미는 자
못 청렴 정직하여 글 읽는 선비와 비슷하지만, 스스
로 '잘 운다' 자랑하며 시끄럽게 울기를 그치지 않는
다. 이 때문에 내 그물에 걸려든 것이다. 벌은 실로 시
랑豺狼 같은 놈이라 제 몸에 꿀과 칼을 지니고는 관리
들처럼 줄지어 다니며 봄꽃 탐하기를 일삼는다. 이
때문에 내 그물에 걸려든 것이다. 또 모기는 가장 엉
큼한 놈으로 성질이 도철饕餮과 같으니, 낮에는 숨고
밤에는 나다니며 사람의 고혈을 빨아먹는다. 이 때문
에 내 그물에 걸려든 것이다. 잠자리는 조심스러움이
없어 경박한 양반집 자제처럼 허둥거리며 회오리바
람처럼 날아다닌다. 그러므로 내 그물에 잡히고 마는
것이다.
이 밖에 부나방이 화를 자초하는 것, 초파리가 일을
좋아하는 것, 반딧불이가 허황되게 빛을 내는 것, 하
늘소가 무람하게 '하늘'이라는 이름을 훔치는 것, 선

명한 옷차림을 한 하루살이 무리, 수레바퀴를 막아서는 말똥구리 무리 같은 것들은 스스로 재앙을 만들어 화를 피할 줄 모르니, 그물에 몸이 걸려 간과 뇌가 땅바닥을 더럽힌다.

아, 세상은 태평한 시절이 아니어서 형벌을 놓아둔 채 쓰지 않을 수 없고, 사람은 신선이나 부처가 아니어서 푸성귀만 먹을 수도 없다. 저들이 그물에 걸린 것은 저들의 잘못이지, 내가 그물을 쳤다고 어찌 나를 미워한단 말인가. 또 그대는 어찌 저들에게는 사랑을 베풀면서 나를 원망하고, 나를 방해하면서까지 저들을 감싸준단 말인가.

아, 기린은 사로잡을 수 없는 것이고 봉황은 유인할 수 없는 것이니, 군자는 도를 알아 스스로를 재앙으로 옭아매서는 안 된다. 이러한 것을 거울로 삼아 삼가고 힘쓸지어다. 그대의 이름을 팔지 말고, 그대의 재주를 자랑하지 말며, 이익으로 화를 부르지 말고 재물에 목숨을 버리지 말라. 경박하거나 망령되이 굴지 말고, 원망하거나 시기하지 말며, 땅을 잘 가려 밟고 때에 맞춰 오가야 한다. 그렇지 않으면 세상에는 더 큰 거미가 있으니, 그 그물은 내것보다 천 배, 만 배 더할 것이다."

이자가 이 말을 듣고는 지팡이를 던지고 달아나다가

세 번이나 자빠지면서 문지방에 이르렀다. 그는 문에
자물쇠를 채우고 나서야 몸을 구부리고 비로소 숨을
내쉬었다. 거미는 실을 내어 다시 처음처럼 그물을
쳤다.

3-2.
진실은 모두에게 : 벼룩과의 한판 승부

(1) 경금자의 꾸짖음

경금자綱錦子: 이옥는 해가 저물자 들어가 쉬었다. 어둠 속에서 편히 누웠는데, 종이창으로는 달빛이 환하고 베 이불에 시원하게 바람이 스며들며, 파리의 앵앵 소리 들리지 않고 장주의 나비처럼 초탈한 듯 정신을 화평하게 하고 몸을 편히 하여 꿈속을 오락가락하게 되었다. 그런데 갑자기 무언가가 부들방석 틈새에서 나와 대자리와 이불 위를 오가며 요란하게 움직인다. 조용히 들어보니, 기장 알갱이가 요란하게 떨어지는 듯한 소리였다. 잠시 후 내 터럭 끝에 붙어 기어오르더니 팔다리와 몸 사이에서 용맹을 떨치다가 왼쪽 어깨에 멈춰 웅크린다. 은바늘로 터진 솔기를 꿰매듯 재빨리 살갗을 파고드는데, 장미꽃에 잘못 부덮혀 붉은 가시에 살갗이 찔린 듯 피와 신경이 놀라고 자지러져 사람을 견딜 수 없게 한다. 이에 손을 들어 내리치고 문질러서 겨드랑이에 이르러 비비고 문대다가 마침내 엄지손가락으로 놈을 잡았다. 그 놈은 손톱 밑에서 꿈틀거리며 살려고 버둥거렸다. 나는 이 놈이 이욕을 좇다가 화가 자기 몸에 닥치는 줄도 모르는 것이 불쌍하여, 그 등짝을 두드리며 이렇게 꾸짖었다.

"너는 미물로서 침상과 자리에 모여 사는구나. 마침 나는 본성이 게을러 석 달 동안 청소를 하지 않았으니, 목마르면 땀을 마실 수 있고 굶주렸으면 때를 핥을 수도 있다. 사람으로서 너에게 후하지 않은 것이 아닌데, 어찌 너는 만족하지 못하고 감히 나를 습격하는 게냐? 내 피는 술이 아니거늘 어찌 네가 술잔을 기울이는 것을 용납하겠느냐? 내 살갗은 병이 없는데 어찌 너는 침으로 찔러대느냐?

나는 이해할 수가 없구나, 너의 그 심보를. 너는 사람의 고혈을 빨 수도 있고, 사람의 혈을 뚫고 들어갈 줄도 안다. 먼지 틈 사이에 파묻혀 있다가 밤에는 설치고 낮에는 숨어 지내면서, 형세를 타고 나아가는 것은 굶주린 쥐가 기미를 보는 것과 같고, 이익을 찾아 좇는 것은 가을모기의 지혜로움과 같도다. 실오라기

하나의 바느질 자국에도 의거할 줄 알고 바늘땀 하나의 틈에도 깃들 수 있어, 그 주둥이를 놓을 때는 반드시 그 틈새를 이용하는구나. 옛날의 명의 편작과 유부가 침으로 사람을 치료할 때에도 너처럼 능숙하고 조심스러울 수는 없을 것이다. 그러나 너는 사람에게 피와 살이 있음을 알 뿐 손가락과 손톱이 있음을 두려워할 줄은 모르는구나.

개미가 진을 치듯, 등에가 꼬이듯, 벌이 쏘듯, 개구리가 들끓듯, 사람의 고혈을 빨아 너의 위장을 채우려 하는구나. 포식한 놈은 쓰러지고 급히 가는 놈은 나자빠지니, 사람의 살에 피를 내는 놈은 사람도 그 골수에서 피를 내는 법이다. 이는 자신의 입과 배를 채우려 하는 것이 결국 자신을 해치게 되는 꼴이라. 혹 그 입만 아낄 줄만 알고 몸은 아낄 줄 몰라, 끊임없이 하찮은 이익을 좇다가 참된 것을 잃어버린 것이더냐. 아니면 지혜가 밝지 않은 것은 아니나 물욕에 가려 어두워진 것이냐. 나는 이제 그 배를 갈라 네가 가진 성정을 따져보리라."

이에 손톱으로 꾹 누르자 튀는 듯한 소리가 났다. 시중 드는 아이를 재촉해 일으켜 등에 불을 붙이고 가서 보니, 그 창자는 볼 수 없고 한 떨기 복사꽃 같은 피가 보일 뿐이었다.

(2) 벼룩도사의 변론

벼룩을 잡고 나니 꿈자리가 비로소 편안해졌다. 다시 이부자리를 가지런히 하고 방에서 이리저리 뒤척거리고 있었는데, 어떤 도사가 나타났다. 뾰족한 뺨에 둥근 배, 불타는 듯한 붉은 옷을 입었고, 몸은 큰 조알갱이만 한 것이 탄환이 날아오듯 다가오는 것이었다. 다가와 이야기를 늘어놓으니 한숨을 쉬는 듯 탄식을 하는 듯했다.

"주인장의 꿈은 편안하시오?"

"편안하지요."

"아! 위태롭다. 깨어 있는 것은 살아 있는 것이요, 꿈을 꾸는 것은 죽은 것이라. 하늘의 도는 음陰이 성하면 탈이 나고, 사람의 일은 백魄: 음기운의 정신이 강하면 해로운 법. 하여, 낮잠을 경계하는 가르침은 공자로부터 이어져왔고, 송나라의 진맥陳栢은 졸음을 경계했던 것이오.

예로부터 뜻있는 사람치고 졸음이 많은 것을 부끄럽게 여기지 않은 자가 있었던가. 하물며 그대는 타고난 것이 많고 근력도 강하여 무언가를 해낼 만한 선비라, 시詩와 서書를 즐기기를 탄을 때듯이 하고, 세월이 흐르는 물과 같음을 애석히 여겨, 흙벽에 기대고 풀더미 위에 잠을 자도 스스로 누추하다 여기지 않았소. 푸르스름한 등잔불 아래 누렇게 된 책을 보며, 추위도 더위도 잊은 채 등불로 햇빛을 이었지.

그러나 정신이 집중되려 하니 온갖 마귀들이 장난을 치고, 참선이 안정되려 하니 악마들이 시기하고, 그대의 공부가 익으려 하니 뱀 같은 잠이 이르러, 학업은 이지러지고 의지는 허물어지기에 이르렀다오. 이에 내가 그대를 가엾이 여겨 다시 원래대로 돌려놓고자 정문頂門의 일침으로 지혜구멍을 뚫어 열어주려 했던 것이오. 내 어찌 감히 그대를 허물어뜨리고 상하게 하려 했겠소. 오직 졸음 깨기를 재촉했을 뿐. 그 뾰족한 끝에 찔려도 수수까끄라기에 긁힌 듯, 그 자국은 앵두꽃 송이에 꺾인 듯, 가려워 긁어야 하는 성가심은 있으나 종기나 흉터를 남기지는 않게 하오.

아, 비단이 아니면 수를 놓지 않고, 옥이 아니면 갈지 않나니. 장안의 한껏 꾸민 귀족 자제들이 따스한 보금자리에서 나고 자라, 혼魂은 부녀자의 치마폭에서 한껏 방탕하고 뼛골은 술에 흠씬 젖었으며, 꿈속을 제 집이라 여기고 잠귀신을 제 형으로 섬기니, 이런 자들은 정수리를 찌르고 등을 친다 해도 꿈쩍도 하지 않는다오. 저들은 내게 득이 될 수가 없고, 나 또한 저들에게 보태주고 싶지 않소. 이는 내가 그대를 대우하는 것이 남보다 후하게 하는 것이지 박하게 하는 것이 아니거늘, 어찌하여 주인장은 나의 덕을 원수로 여기고, 나의 선행을 포학으로 갚으려 하시오? 성정은 한소韓昭: 중국 전촉 때 사람처럼 지나치게 편협하고, 문장은 우통尤侗: 중국 청대 문인을 본받아 희학戱謔을 좋아하며, 나를 심하게 해침은 지난밤의 행태와 같구려.

지인至人은 살을 베어 굶주린 호랑이를 먹여주었고, 군자는 어리석은 아낙이 이를 잡는 것을 꾸짖었고, 옛 철인哲人들은 자비로워 물아物我를 균등하게 보았던 것이오. 또 개가 도둑을 쫓을 때는 저민 고기를 던져주고, 고양이가 쥐를 막을 때는 담요를 덮어 잠을 재우는 법이오. 그런데 큰 일에 대해서는 도리어 돌봐주지 않는구려.

주인께서는 이에 대해 앎이 지극하지 못하니, 나를 책망하는 말에 나는 실로 그대를 부끄러이 여긴다오. 원컨대, 이제 당신을 떠나 다시는 오지 않으려 하오."

도사는 말을 마치자 안색을 바꾸고 떠나려는 뜻을 비쳤다.

"아, 이제야 나는 알았소. 부디 그대는 가지 마시고, 나의 무지함을 침으로 일깨워 주시오."

일어나 사례하려 했는데, 하품을 하며 깨어나고 보니 한바탕 꿈이었다.

3-3.
모든 것은 연기처럼 흩어지나니

한때, 객이 송광사 향로전에 머물면서 부처님 앞에서 가부좌를 틀고 『원각경』圓覺經을 공부하고 있었는데, 객이 담배 한 모금을 피우고 싶어 상비배象鼻杯를 꺼내고 향로를 끌어당겼다. 행문幸文 사미가 자리에서 일어나 두 손을 합장하며 객에게 말했다.

"우리 부처님 여래께서 연화대에 앉아 세계에 두루 임하시니, 방은 하나의 작은 세계인지라 방에서 연기가 나는 것을 일절 허락하지 않습니다."

객이 크게 웃으며 말했다.

"부처님께서는 향로가 있어 아침 저녁으로 향을 사르는데, 향로에 향을 사르면 향은 반드시 연기가 된다. 일체 세간에서 불을 붙일 수 있는 모든 물건이 아직 연기가 되지 않았을 때는 향은 그대로 향이고 담배는 그대로 담배여서 서로 같지 않지만, 향로 속에서 불을 붙이면 변하여 연기가 되는 법. 향연기도 연기요 담배연기도 연기니, 담배연기와 향연기가 연기인 것은 매한가지라, 평등한 연기 가운데 이 연기 저 연기일 따름이다. 나는 연기를 좋아하여 담배연기도 좋아하고 향연기도 좋아하는데, 여래께서는 어찌 향연기만 좋아하시고 담배연기는 좋아하지 않으시겠는가? 또한 나는 객일 뿐 여래의 제자가 아닌데, 석가세존께서 어찌 찾아온 객을 대접하면서 내게 담배 한 모금 피울 것을 권하지 않으시겠는가?"

그러자 행자 스님은 공손히 향로를 옮겨 오니, 객이 앉아 담배를 피우며 말했다.

"같은 향로의 불인데, 방금 전 그대의 향을 불사를 때는 연기가 향연기였고, 이제 나의 담배를 태움에 연기는 담배연기니, 앞의 연기와 뒤의 연기가 같은 연기가 아니다. 그렇다면 나의 담배연기가 그대의 향연기에 대해 인연이 있는 것인가, 없는 것인가?"

행문은 합장하며 객에게 말했다.

"앞의 연기는 앞의 연기요, 뒤의 연기는 뒤의 연기니, 뒤의 연기와 앞의 연기에 무슨 인연이 있겠습니까?"

"그렇지! 앞의 연기와 뒤의 연기는 이미 인연이 없다. 이는 저 뒤의 연기가 이 앞의 연기에 대해 얼굴도 성도 모르고 사람도 모르는 것이니, 어찌 꼭 앞의 연기가 뒤의 연기의 원인이 되겠는가. 또 앞의 연기가 향연기고 뒤의 연기가 담배연기든, 앞의 연기가 담배연기고 뒤의 연기가 향연기든, 향연기와 담배연기는 각각의 연기가 그 연기일 뿐이니, 어찌 꼭 뒤의 연기가 앞의 연기의 복을 아껴주겠는가."

행문은 합장을 하며 탄식하기를 그치지 않았다. 객은 담배를 피우고 나서 행문에게 말했다.

"향에 불을 붙이고 담배에 불을 붙이면 반드시 연기가 나게 되어 있다. 그대는 이 연기가 화로에서 생긴다고 하겠는가, 향과 담배에서 생긴다고 하겠는가? 만약 이 연기가 화로에서 생기는 것이라면 향을 넣기 전에는 어찌하여 연기가 나지 않는 것인가? 또 만약 이 연기가 향과 담배에서 생기는 것이라면 화로에 넣기 전에는 어찌하여 연기가 나지 않는 것인가?"

행문은 합장하고 객에게 말했다.

"불이 없으면 연기가 없고, 향이 없어도 연기가 없습니다. 불이 향과 담배를 만나야 비로소 연기가 날 수 있는 것입니다."

"그렇지! 그대가 비록 불을 가지고 있어 화로 속에 감춰두든, 그대가 비록 향을 가지고 있어 그릇 속에 봉해두든, 평생 향이 불을 찾아 화로로 가지 않고, 평생

불이 향을 구하러 가지 않는다면, 향은 그저 향일 뿐이요 불은 그저 불일 뿐이지. 어디서 그대의 향연기가 나와 여래에게 바쳐질지는 알 수 없는 것. 대천세계에 한 점 연기가 없다면 여래께서도 향연기를 마실 수 없는 것이다.

향은 향연기가 되고 담배는 담배연기가 된다. 연기가 비록 같지 않으나 연기인 것은 매한가지다. 물건이 변하여 연기가 되고 연기가 변하여 무無로 되니, 연기가 나서 잠깐 사이에 함께 허무로 돌아가는 것이다. 그대는 이 방안을 보라. 향연기와 담배연기는 지금 어디에 있는가? 인간세가 하나의 커다란 향로이니라."

3-4.
목화꽃이 무명옷이 되기까지

고개를 넘어 남쪽으로 가니 길가에 목화밭이 많았다. 토양이 맞아서인가? 밭에는 여자들이 많았는데, 바구니를 들고 있는 자, 옷자락을 걷어 올린 자, 보자기를 끌어당기고 있는 자 등이었다. 풍속이 잘 다스려졌는가?

따르는 자가 말했다.

"영남 사람에게 들으니, 목화꽃이 떨어진 지 닷새가 지나면 장에서 새 면포를 판다고 합니다."

"너는 목화가 면포가 되는 과정을 아느냐?"

"목화에 꽃이 피면 각자 바구니를 가지고 가서 꽃을 땁니다. 그것을 얇게 만 다음 지붕에 널어 햇볕에 말리고 꼼꼼하게 뒤척거려 나쁜 것을 골라냅니다. 그런 다음 삐거덕삐거덕 씨아질을 해서 씨를 빼고, 활

을 눕혀 놓고 줄을 퉁겨 부풀립니다. 구름처럼 흩어
진 솜을 돗자리에 고르게 편 다음 둘둘 말아서 숨을
죽입니다. 솜을 고르게 말아 비벼서 솜북데기를 만들
고, 물레바퀴를 돌려 실을 뽑아냅니다. 사십 올의 날
실이 서로 나란해지면 한 새가 되는데, 말뚝을 뜰에
세우고 풀을 먹여 불기운을 쪼입니다. 바디 구멍에
실을 꿰는데 새의 수에 따라 실을 덧보태서 베틀을
장치하고, 노는 북을 왔다갔다 하면서 면포를 짜지
요. 이렇게 열두 번의 수공을 거쳐야 면포가 만들어
진답니다.”

“역시 어렵구나. 목화는 어떻게 꽃이 피는고?”

“땅에 씨앗을 심으면 씨앗에서 싹이 트고, 싹에서 모
가 되고, 모에서 더 자라나 아래로는 뿌리가 내리고
위로는 줄기가 생기며, 줄기에서 가지가 생기고 가지
에서 잎이 납니다. 잎이 자란 후에 씨방이 생기고, 씨
방이 생긴 후에는 꽃봉오리가 생기고, 꽃봉오리가 생
긴 후에는 꽃봉오리가 터지고, 그런 다음 꽃이 피지
요. 이렇게 아홉 번 변하여 꽃이 핍니다.”

“면포가 만들어지고 나면, 옷은 어찌 만드느냐?”

“면포가 만들어지면 이것을 ‘무명’無名이라고 합니다.
갯물에 삶아서 풀을 뽑아 가볍게 한 후 햇볕에 널어
뽀얗게 말리고, 염색하여 화사하게 한 다음, 풀을 먹

여 곱게 하고, 다듬이질하여 산뜻하게 하고, 폭과 길
이를 재어 고르게 한 뒤, 마름질하여 치수를 정하고
는, 시침바늘을 꽂고, 실로 갈무리하고, 인두질을 하
여 가지런히 정리합니다. 마지막으로 물을 뿜어 촉촉
하게 한 다음 다림질을 하여 올을 곧게 폅니다. 이 또
한 열두 번의 과정을 거친 후에 완성되지요."

"대단히 어렵구나."

아! 밭 갈고 씨 뿌리고 거름 주고 김매어 씨앗에서 꽃
이 피게 되거늘, 남정네와 아낙네가 반반씩 일을 한
다. 꽃에서 면포가 되고, 면포에서 옷이 되는데, 그것
으로 실을 만들고 솜을 만들어 끌고 잡아당겨 모양을
바르게 하고, 추위와 더위에 맞도록 하였다. 이것을
아낙네가 모두 맡아 하였으니, 아낙네들 또한 부지런
하구나.

호서 지방에 어떤 부자가 있었는데, 재물이 공후백작
과 맞먹을 정도로 많았다. 그런데 그것도 처음에는
한 과부의 노고에서 시작되었다고 하니, 근면한 것의
이익이 이토록 큰 것이다. 4월에는 목화씨를 뿌리고
9월에는 옷을 만들어 입게 하니, 백성들 또한 수고롭
구나. 그런데 어찌하여 서역의 모직물은 귀중히 여기
면서 면포는 천시한단 말인가!

3-5.
밭 한 뙈기의 가르침

(1) 땅은 인간을 이긴다

이자李子의 집 근처 북쪽에 버려진 밭 한 뙈기가 있었다. 토양은 희고 언덕처럼 불룩하며 소금기 때문에 지력이 없어 오곡이 자랄 수 없다. 그래서 몇 해를 묵혀 두었는데, 삼 년 전 바닷물이 넘쳐 들어와 사흘 만에 빠지니 더욱 흙의 본성을 잃고 말았다. 비가 내리면 가루반죽이 되었고, 볕에 말랐다가 바람이 불면 흰 것이 꽃처럼 날려 멀리서 보면 눈 같았다. 이자가 마을의 인부를 시켜 밭을 갈아서 보리씨를 뿌리게 했지만 싹도 나지 않았고, 가을에는 보리를 옮겨 심어 봤는데도 역시 소용이 없었다.

홍화가 토양을 가리지 않는다고 말하는 이가 있어 이듬해 봄에는 갈지 않은 땅에 씨를 뿌려 기르려 했는데, 백 알 중 한두 알에서만 싹이 났다. 이자는 '어찌 이런 일이 있단 말이냐. 힘을 들이지 않은 게 아니냐' 라고 하며 종들을 재촉하여 차조로 바꿔 심도록 했다. 종이 간하여 말했다.

"안 됩니다. 이 땅은 토질 자체가 약하고 염분기가 있으니 무얼 심는 것이 맞지 않고, 심더라도 분명히 잘 안 될 겁니다."

이자가 말했다.

"돌이라면 그만두고 물이라면 그만두겠지만, 어찌 흙이 곡식을 마다하고 받아들이지 않는단 말이냐? 네가 고생스러울까봐 꺼리는 것이냐? 나는 기필코 여기에 농사를 짓고야 말겠다."

이에 어른 하나와 아이 넷과 계집종 셋이 반나절 동안 밭을 경작했다. 어른 종은 재와 인분 십여 통을 그곳에 운반해 놓고 가래로 땅에 구덩이를 팠는데, 세 발자국마다 구덩이를 파되 한 구덩이에는 닷 되 정도의 박이 들어갈 만했다. 아이들은 뒤따라가면서 동이나 표주박으로 재를 뿌리며 구덩이를 채워 넣었다. 계집종은 미리 사흘 전에 오줌물에 차조를 담가놓고 그것이 곱절 크기로 불기를 기다렸다가, 구덩이마다 네다섯 알씩 던져 넣은 뒤 손으로 덮고 발로 단단히 밟았다. 그렇게 심은 것이 한 되 남짓이었다.

이자는 날마다 그곳으로 가서 살피며 기다렸다. 그러는 사이에 비가 쏟아져 물살이 흙을 몰아 달아나니, 울퉁불퉁했던 땅바닥이 평평해져 자취도 없이 사라져버리고 말았다. 열흘 남짓 지나자 차조 싹이 나기 시작했는데, 한 구덩이에서 네다섯 개가 나오기도 하고 하나만 나오기도 했으며, 대여섯 개의 구덩이에서는 살아난 게 전혀 보이지 않았다. 통틀어 헤아려보니, 열 개의 구덩이에서 한두 개도 나지 않은 셈이었다. 이자는 이를 허망하게 바라보다가 부끄러워하며 한탄했다.

"위대하도다, 땅이 하는 일이여! 진실로 인간이 맞설 도리가 없구나. 땅이 곡식을 받아들이지 않으니, 내가 아무리 원한들 저 삼태기와 삽이 땅에 무엇을 할 수 있겠는가? 산에 있는 밭에는 기장을 심고, 논에는 찰벼를 심는 것이 흙의 본성에 따르는 것이로다. 아! 성도촉한의 수도는 협곡에 있었기에 제갈공명이 한나라를 심고자 했으나 이룰 수 없었고, 건강오나라 도읍은 연해에 있었기에 주자가 송나라를 배양하려 했으나 이룰 수 없었다. 저들은 무리 중에 뛰어난 자들로서 그 힘을 다했는데도 그 땅에서는 뜻을 이룰 수 없었던 것이다. 하물며 어린 종과 계집종들의 힘으로 무엇을 하겠는가? 하늘만 사람을 이기는 것이 아니라 땅도 사람을 이기는구나. 아!"

(2) 스스로를 버린다는 것

차조의 싹이 난 지 십여 일 후에 가서 보니 전과 같았
다. 차조는 아예 축 늘어지고 누런 것이 계속 서리를
맞은 듯했다. 종이 원망하듯 말했다.

"차조야, 차조야! 무성하고 울창해져라! 소금기 때문
이냐, 내 손질이 게을러 그러하냐?"

이자는 부끄러운 듯 한참을 있다가 말했다.

"그만두자. 나는 이제 다시는 이 일을 하지 않겠다.
아아! 땅도 버리는 것이 있단 말인가?"

종이 말했다.

"제가 일찍이 늙은 농부에게 들으니, '기름진 땅에는
콩과 보리가 알맞고, 자갈땅에는 검은 기장이 알맞
고, 마른 땅에는 흰 조가 알맞고, 돌이 많은 곳에는 깨
가 알맞고, 물이 있는 곳에는 메벼가 알맞은데, 땅이
척박하고 소금기가 있는 곳에는 모두가 맞지 않는다'
고 합니다. 이 흙을 혀에 대보니 맛이 김치처럼 짭잘
한 것이 쟁기로 갈 필요도 없습니다. 이 땅이야말로
실로 황무지에 다름없으니 버린들 어떻겠습니까?"

이자가 탄식하며 말했다.

"나는 알지 못했다. 땅에도 버리는 것이 있단 말인

가? 사람이 하늘에 대한 것으로 말하면, 아무것도 하지 않는 날이 없고, 해가 뜨자마자 일을 시작할지라도 오직 하루가 부족할 뿐이다. 그러나 큰 바람이 불고 비가 내리거나 심하게 춥고 눈이 많이 내릴 때면, 길을 가던 사람은 걸음을 멈추고, 집에 있던 사람들도 문을 닫거니, 날을 버리고 하는 일이 없게 된다. 이것이 하늘도 날을 버릴 때가 있다는 것이다.

임금이 세상을 다스림에 있어서도 어진 자에게 일을 맡기고 재능 있는 자를 부리는데, 역량을 헤아려 관직을 제수하니, 위로는 재상으로부터 아래로는 종을 치는 자, 옥경을 이고 있는 자, 장대로 재주를 부리는 자, 등불을 잡는 자에 이르기까지 하나도 필요 없는 자가 없다. 그러나 세상과 맞지 않아 우울하고 무기력한 듯이 살면서 언덕과 못에서 밭을 갈고 낚시를 하며 세상에 쓰이기를 원치 않는 자도 있으니, 세상에는 이처럼 버림받은 백성도 있는 것이다. 버림받은 자는 진실로 운명이 박한 것이지만 오히려 스스로 한가로이 지낼 수 있으니, 스스로를 버리는 것이 버림받지 않은 것보다 현명하다 하겠다. 이 땅도 또한 한가로이 살고자 했던 것인가? 진실로 한가할 수 있다면, 버려진다고 한들 무엇을 한탄하겠는가, 아아!"

(3) 무용한 것의 쓰임

이자는 차조로 밭을 갈지 못하게 되자 이를 한스럽게 여기며 그대로 한가하게 묵혀 두려 했다. 그곳을 파서 물을 채워 작은 둑과 섬을 만들어 물고기를 넣어 살게 하거나, 그게 아니면 평평하게 닦아 마당으로 만들어 이리저리 소요하며 거닐어볼까 하여, 이를 종에게 의논해 보았다. 종이 말했다.

"안 됩니다. 모름지기 못을 만들려면 수맥을 보고 토질을 살펴서, 물기가 마르지 않아야 하고 흙이 굳어서 허물어지지 않아야 합니다. 그래야 물을 채우고, 물고기도 기르고, 연과 갈대와 부들도 심을 수 있습니다. 또 소요할 장소가 되려면 높이가 사방을 조망할 수 있어야 하고, 막힘 없이 화창해야 하며, 꽃과 대나무를 관상할 수 있고, 자리를 펼 수 있어야 합니다. 또 마루 아래 섬돌 가까이까지 붙일 수도 있어 앉아 있든 서 있든 모두 마음에 맞아야 하는 법입니다. 그러나 지금 이 땅은 가옥 사이에 있을뿐더러, 한쪽은 움푹 꺼지고, 아래로는 물이 없고, 비가 오면 정강이가 빠지고, 볕이 들면 딱딱해져서 손톱도 들어가지 않습니다. 차조도 키우지 못했는데 어찌 꽃과 대나무를 심을 수가 있겠습니까?

주인 어른께서 이미 이 땅을 버리셨으니, 그냥 내버

려두어 양제와 압설, 마료, 우현, 해홍 같은 풀들이 이
곳에서 무리를 이루고 넝쿨을 이루도록 하면 망아지
와 송아지를 방목해도 신경 쓸 일이 없거니와, 처음
난 것은 나물로 먹고 쇠해지면 땔감으로 써서 주인
어른에게 도움이 되도록 하는 게 어떨는지요?"

이자가 말했다.

"그렇구나. 지난번에 네가 안 된다고 한 말을 듣지 않
은 것이 후회된다. 나는 이제 너의 말을 따를 것이다.
아! 나는 버려진 것이라 생각했는데, 너의 말을 듣고
보니 이는 버려진 게 아니로다. 풀이 자라나면 왜 반
드시 곡식으로 기름져야 하며, 무성해지면 왜 꼭 사
람을 부유하게 해야 하는가. 땅은 만물을 낳는 것인
데, 낳았으면 그만이지 잡초라 하여 못 자라나게 하
지 않고, 좋은 곡식이라 하여 후대하지 않음으로써
그 공효功效를 다하는 것인데, 사람이 그것을 다르게
대하는 것뿐이다.

짠 바다 가운데에서도 녹각, 자영, 윤조, 산호수가 자
라며, 소금기 있는 연못에서는 낙타가 먹는 풀이 자
라고, 바닷가 모래에서는 해당화와 해방풍이 자라나
니, 어느 곳인들 나서 자라는 것이 없겠는가. 지난번
에는 차조의 본성이 맞지 않았던 것이지, 땅의 본성
이 맞지 않았던 것은 아니다. 그런데 어찌 차조에 맞

지 않는다 하여 그대로 버려 두겠는가? 아아!"

(4) 헛된 수고로움

이웃의 한 영감이 차조를 심는 것을 보고 키득거리며
이자에게 말했다.

"아깝습니다그려, 그대의 노고가. 그대가 만약 좋은
밭의 비옥한 토양을 얻어서 이렇게 했다면, 무논이라
면 벼 천 종鍾을, 산답이라면 차조 천 동이를 얻었을
것이며, 드넓은 들판이라면 콩 세 종류와 깨 두 종류,
그리고 기장과 조를 각각 천 말씩 얻었을 것이요, 모
래자갈밭이라면 해마다 목면 천 근을 얻었을 것이니,
부자가 되지 않았겠소? 그게 아니면, 인삼을 업으로
하는 사람에게 배워서 바꿔 심었다면 삼 년 만에 천
금 이상을 벌었을 게요. 아깝습니다그려. 그대의 노
고는 허사로군요.

어찌하여 그대는 헛된 일에 힘을 들이는 것이오? 큰
추위에 솜뭉치를 잘라 화문을 감싸고, 끓는 물로 나
무를 쪄서 꽃을 피게 하려는 것이오? 무더운 날 쇠가
녹아 흐르는데, 우물에 병을 던져 뜨거운 물을 얼음
으로 바꾸려는 것이오? 아니면, 닻줄을 당기고 키를
돌려 돛단배를 몰아 산으로 올라가려는 것이오? 돌
은 던지고 나무를 얽어 연못을 메우고 집을 지으려

는 것이오? 쓸모없는 땅에 힘을 다 쏟고 효용 없는 일에 정력을 낭비하니, 한 가지 일이 그러하면 백 가지 일이 다 그렇겠지요. 그대는 평소에 무엇을 만들거나 생각하거나 계획할 때, 반드시 차조밭처럼 되는 일이 많을 거외다. 아깝습니다. 저 노고의 헛됨이여!"

이자는 고개를 숙이고 웃으며 멋쩍은 듯 대답을 않다가, 한참 후에 노래를 불렀다.

"비옥한 땅에 사는 백성이여 / 편안하여 게을러지도 다 / 척박한 땅에 사는 백성이여 / 힘을 써도 굶주리는도다 / 나의 허물이 아니니 / 땅에 회한을 품을 수도 없구나."

차조를 버려둔 지 열흘 뒤 이자는 마침 나가는 길에 그곳을 지나가다가 차조 중에 살아난 것이 있음을 보게 되었다. 두 잎이 나서 한 마디 정도 자란 것도 있고, 네다섯 잎이 나서 잎이 나부끼는 것도 있는데, 잡풀들에 둘러싸여 살아나지 못할 것 같았다. 차조는 얼마 안 되는데 잡풀은 무성하고, 차조는 엎어져 있는데 잡풀은 꼿꼿이 서 있는 것이, 마치 울타리를 쳐서 지키는 것 같기도 하고, 화분으로 덮어둔 것 같기도 하고, 깃발로 에워싼 것 같기도 했다.

이자는 아직도 미련이 남아 손으로 그 잡풀들을 제쳐가며 차조잎이 아닌 것은 제거하고, 차조 마디가 아닌 것도 제거하고, 차조 색이 아닌 것도 제거하고, 차조의 속고갱이가 아닌 것도 제거하니, 어느새 풀이 모두 제거되고 차조만 남게 되었다.

이때, 김매던 여인이 지나가다가 물었다.

"샌님은 여기서 무얼 그리 열심히 하시나요?"

"나도 김을 매고 있다네."

여인이 웃으며 말했다.

"차조를 위해 김을 매시나요, 잡풀을 위해 김을 매시나요?"

"차조를 위해 잡풀을 제거하는 것이지."

여인은 차조 밭으로 들어가 차조 두세 줄기를 뽑아 들더니 이렇게 물었다.

"이게 차조란 말입니까? 이것은 발앙이라는 잡초요, 이것은 잔디싹이고, 이것은 강아지풀이 아직 이삭을 패지 않은 것입니다. 차조를 위해 김을 맨다면서 이렇단 말입니까요?"

이자는 하늘을 우러러 보며 탄식했다.

"아! 내가 어리석었구나. 그 속고갱이가 차조였고, 그 색이 차조였고, 그 마디가 차조였고, 그 잎이 차조였으니, 이는 정말 차조이다. 내가 어찌 발앙과 잔디와 강아지풀을 알겠는가? 아! 어찌 이리도 비슷한 것인가? 가라지는 벼와 비슷하고, 귀리는 보리와 비슷하

고, 삽주는 쪽과 비슷하고, 달래는 파와 비슷하고, 도
갱은 국화와 비슷하고, 구민은 대와 비슷하고, 제니
와 황기는 인삼과 비슷하다. 이뿐이겠는가? 초명은
봉새와 비슷하고, 황새는 학과 비슷하고, 부발은 기
린과 비슷하고, 숙등은 추우와 비슷하고, 육박은 말
과 비슷하고, 이무기는 용과 비슷하고, 능은 거북과
비슷하다.

이뿐이겠는가? 소인은 군자와 비슷하고, 간신은 충
신과 비슷하고, 탐욕스러운 신하는 능력 있는 신하와
비슷하고, 참소하는 신하는 정직한 신하와 비슷하고,
어리석은 신하는 유능한 신하와 비슷하다. 진짜가 있
으면 반드시 가짜가 있고, 바른 것이 있으면 반드시
사악한 것이 있으니, 명철함이 없으면 어찌 실정을
파악할 수 있으며, 정밀함이 없으면 어찌 이름을 구
별할 수 있으며, 공평함이 없으면 무엇으로 신임의
표식을 다르게 하겠는가. 아! 이 점을 살피지 못한다
면 백 사람의 윗사람이 될 수 없고, 열 사람의 우두머
리가 될 수 없고, 다른 사람의 짝이 될 수 없다. 비록
차조를 위해 김맬 사람을 구하려 해도 구할 수 없으
리라. 이 또한 슬프지 아니한가!"

3-6.
가라지로부터의 깨달음

(1) 첫번째 깨달음

가라지 중에 억세고 큰 것은 잘라버리기는 어렵지만 뽑기는 쉽고, 부드럽고 작은 것은 잘라버리기는 쉬우나 뽑기는 어렵다. 억세고 큰 것은 열 걸음 밖에서도 그것이 가라지임을 알 수 있는데, 두 손가락을 감아 잡아당겨도 뽑히지 않으면 오른손으로 잡아 끌어당기고, 그래도 안 되면 두 손으로 끼고 당겨보지만, 눈을 부릅뜨고 얼굴이 시뻘게지도록 해봐도 안 된다. 그러면 분통이 터져 급히 호미나 가래를 가져와 파서 뽑아내니, 손에 쥘 만한 뿌리조차 남지 않게 된다. 그런데 무르고 약한 작은 것들은 허리를 굽혀 엄지손가락 손톱을 갖다 대면 바로 끊어진다. 그 자리를 보면 다시는 가라지가 나지 않을 것 같은데, 사흘 만에 가서 보면 다시 예전의 가라지 그대로다. 끊어버리기만 하고 뽑아내지 않았기 때문이다.

한나라의 동탁은 사람들이 모두 동탁의 됨됨이를 알았으므로 힘을 써서 잘라 버렸고, 잘린 뒤에는 다시 동탁이 없었다. 송나라의 왕안석은 사람들이 그 간교함을 알지 못하고 한번 물리쳐서 물러나게 했는데, 희녕 연간의 왕안석이 소성 연간에 다시 살아나고, 정화 연간에 또다시 살아났다. 동탁은 뿌리 뽑을 수 있었으나 왕안석은 뿌리 뽑을 수 없었던 것이다. 그러므로 가라지가 억세고 큰 것은 뽑기 쉬우나, 가라지가 부드럽고 작은 것은 뽑기 어렵다고 하는 것이다. 그러나 억세고 큰 가라지가 뽑히고 나면, 그 흙이 뿌리로 파헤쳐지고 그 기운은 토양을 고갈시키므로 곡식을 병들지 않게 하는 경우는 드물다.

심지 않았는데도 저절로 자라는 것이 가라지요, 같은 종류가 아닌데도 함께 자라는 것이 바로 가라지다. 그러나 그 사이에 가짜가 섞인 경우가 있다. 찰벼 속에 찰벼 아닌 찰벼가 있고, 기장 속에 기장 아닌 기장이 있으며, 보리 속에 보리 아닌 보리가 있고, 밀보리 속에 밀보리 아닌 밀보리가 있고, 차조 속에 차조 아닌 차조가 있는 것이다. 노련한 농부는 떡잎만 보고도 알 수 있지만, 미숙한 사람은 이삭이 팬 후에야 비로소 알아본다. 같은 점이 있으면서도 다른 점이 있으니, 같은 점에서 본다면 같고, 다른 점에서 본다면 다르다. 하니, 다른 점을 아는 자라야 그 다름을 볼 수 있는 것이다.

사람과 사람도 같은 점이 있다. 얼굴이 같고, 언어가 같고, 걷고 서 있는 모습이 같다. 심지어 교묘하게 같은 사람들은 기상이 같고, 생각이 같고, 기호嗜好와 욕망이 같고, 의견이 같고, 문장이 같고, 하는 일도 같아서 다른 점이 없다. 그러나 또한 다른 점이 있으니, 마음이 다르다. 위조품은 진품과 다르고, 잡된 것은 순수한 것과 다르고, 흐린 술은 진한 술과 다른 것이다. 같은 점은 쉽게 보이나 다른 점은 쉽게 보이지 않는다. 이 때문에 사람을 알아보는 것을 철哲이라고 하니, 천제天帝도 그것을 어렵게 여기는 바요, 노자는 '큰 간신은 충신과 비슷하다'라고 말했다.

(2) 두번째 깨달음

가라지도 풀이요, 곡식 또한 풀이다. 하늘이 낳고 땅이 기르려 하거늘, 풀에 어찌 이것과 저것의 구별이 있겠는가? 사람만이 이런저런 곡식이니 이런저런 가라지니 하며 구별하여 이름짓고, 좋고 싫음을 표현하지만, 이것은 이해관계일 뿐 천지의 정은 아니다. 그러나 나에게 이로운 것은 은혜롭게 여기지 않을 수 없으며, 나의 이익에 해가 되는 것은 원수로 여기지 않을 수 없는 것이니, 만물의 정이 진실로 그러한 것이다. 그런데 진실로 나에게 해를 입히지 않는다면 내 어찌 그것을 가혹하게 없애려 하겠는가?

천하의 땅은 농경지가 적고 벌판이 많으며, 천하의 풀은 곡식이 적고 가라지가 많으니, 어찌 모두 없앨 수 있겠는가? 가라지로 하여금 한적한 곳에 있으면서 곡물을 방해하는 데 관여하지 않도록 하여, 어린 것은 꼴로 사용하고 다 자란 것은 땔감으로 쓴다면, 후직后稷이 다시 살아난다 해도 어찌 반드시 가라지를 벌할 수 있겠는가? 그러니 비록 소인일지라도 반드시 배척할 필요는 없다. 소인으로 하여금 소인의 직책을 맡게 한다면, 소인은 소인이 아닌 것이다.

가라지 중에 양부래라는 것이 있는데, 예전에는 없던 것이다. 변방의 북쪽에 많이 있었는데, 그 씨가 양의 가는 털에 얽혀 중국 땅에 떨어졌고, 이때부터 중국에서는 양부래가 자라게 되었다. 그 특징이 뿌리가 깊어 엉겨 붙은 흙이 많아 뽑기가 어렵고, 잎은 무성하여 하늘의 볕을 가리기 좋아한다. 때문에 다른 것들이 제대로 자라지 못하게 하니, 실로 가라지의 괴수다. 또 그 종자 하나가 두 개의 알을 지니고 있어 저절로 번식한다. 봄날 얼었던 흙덩이가 녹으면 양부래는 다른 풀보다 앞서 싹을 틔우고, 관을 쓴 도인道人의 머리처럼 일어나 땅에서 두 마디 정도 올라오면 다시 관을 벗고 흙 속으로 모습을 감춘다. 그러다 다음 해 봄이 되면 그 반이 또 싹이 나서 자라기 때문에 경작하지 않는 황무지는 양부래 천지가 된다.

마을의 한 노인이 양부래를 잘 다뤄, 어린 것은 캐내어 머리에 이고 있는 것이 땅에 떨어지지 않도록 하고, 억센 것은 열매가 채 영글기 전에 그 반을 불태워버렸는데, 이렇게 한 지 삼 년 만에 양부래가 사라지게 되었다. 아! 나라에서 소인을 다스리는 것이 어찌 이를 본받지 않는 것인가?

손으로 가라지를 다루는 방법에 있어서, 줄기가 약한 것은 다루기 어렵고, 뿌리가 곧게 아래로 깊이 뻗은 것도 다루기 어렵고, 뿌리가 얽혀 넓게 퍼진 것들도 다루기 어렵다. 또 냄새 나는 것, 가시가 난 것, 가지와 잎이 매우 무성하여 나무와 같은 것도 어렵다. 가장 어려운 것은 넝쿨진 것이다. 넝쿨진 것은 뿌리는 매우 약하지만 대단히 먼 곳까지 뻗어가는데, 줄기가 얽히고설켜 좌우로 잡고 얽으며 강한 것에 뻗어가서 잡아당기고 곡식에 붙어서 의지한다. 그러므로 제거하자니 곡식이 다칠까 걱정이요, 제거하지 않으려니 곡식을 병들게 할까 걱정이다. 이 때문에 넝쿨진 것이 가장 어려운 것이다. 사람 중에서도 강력한 세력의 비호를 받으며 총애를 단단히 묶어두는 자들이 그와 비슷하니, 가라지를 다루는 자들이 알지 않으면 안 될 것이다.

(3) 세번째 깨달음

배추는 좋은 채소인데, 종자가 좋지 않으면 자라면서 무청蕪菁: 순무이 된다. 열심히 잘 기르면 나물로 쓸 만한데, 가라지가 뒤섞여 덮고 있기에 아침에 종을 시켜 모두 뽑아버리라 했다. 그런데 채소를 기르는 여인이 지나가며 말했다.

"아까워라! 모두가 나물인 것을! 이것은 명아주요, 이것은 비름이요, 이것은 도꼬마리로, 다 먹을 수 있는 것들이라오. 또 이것은 댑싸리인데 나물로 먹고 남은 것은 빗자루로도 좋고, 이것은 당아욱인데 나물은 아니지만 붉고 흰 꽃이 가히 아름답지요. 하거늘, 어찌 관대히 놔두지 않는 것입니까?"

아! 저것들이 명아주, 비름, 도꼬마리, 지부초, 여뀌란 말인가? 내가 그것들을 쓸모없다고 하는 것이 아니요, 내가 모르는 것도 아니다. 하지만 나의 배추를 범하고, 나의 배추를 막고 가리는 바람에 나의 배추가 실하게 잘 자라지 못하니 어쩌겠는가? 종을 시켜 뽑을 수밖에. 내가 그것들을 아끼지 않는 것은 아니지만, 아끼는 것이 배추만은 못한 것이다. 나는 배추를 심은 것이지 가라지를 심은 것이 아니니, 내가 가라지를 어쩌겠는가? 아! 가라지라 하여 벌하는 것은 오히려 용서할 수 있을 것이요, 내 배추가 아닌 이상 무엇이 억울하겠는가? 꽃다운 난초라도 문 앞에 있으면 그 뿌리를 파내야 하는 것이니, 이는 원인이 저에게 있는 것이지 내게 있는 것이 아니다. 아! 사람에게도 또한 그런 것이 있다.

축담 옆에 담배를 심은 적이 있다. 날씨가 오래 가물고 땅은 말라서, 볕에 심은 것이 자라지 못할까 걱정되었다. 이에 가라지를 먼저 처리하지 않고 가라지 사이에 담배를 심었다. 가라지의 가지와 잎이 뻗어가고 풀 기운이 자양분이 되는 곳인지라, 볕을 가리기 위해 일부러 덮지 않아도 그늘이 지고 땅은 물을 주지 않아도 축축했다. 사흘이 지난 후에 보니 담배는 이미 뿌리를 내렸고, 다시 사흘이 지난 후에 보니 줄기와 잎이 나고 있었다. 그런데 가라지에 둘러싸여 거의 시들 지경이라, 담배를 위해 가라지를 뽑고 담배 주위로 오 촌 이내의 것은 그대로 두지 않았다.

아, 담배가 뿌리를 내린 것은 가라지의 힘이요, 가라

지를 뽑은 것은 담배를 위한 것이다. 가라지가 어찌 담배에게 부림을 당하겠는가? 그러나 가라지는 담배에게 결코 용납될 수 없으니, 어찌 이러한 공격이 없을 수 있겠는가. 이로써 같은 유가 아닌 것은 같아질 수 없고, 마땅하지 않은 것은 끝내 같이할 수 없음을 알겠다. 담배는 담배와 친하고 가라지는 가라지를 의지하는 것이니, 서로 사귀어 너나 없는 사이가 되는 것이 비록 담배와 가라지가 섞이고 가라지와 담배가 붙어서 처음에는 서로를 돕는 것처럼 보여도 결국에는 반드시 해를 입히게 된다. 가라지가 있으면 담배가 있을 수 없으니, 담배를 살게 하려면 일찌감치 가라지를 없애야 하는 것이다.

3-7.
먼저, 네 마음에게 물으라

(1) 보이는 것이 전부가 아니다

벌레 중에 날개가 있어 날 수 있는 것은 모두 날개가
없어 날지 못하던 것이 변화한 것이다. 매미의 근본
은 유충이요, 나방의 근본은 번데기요, 나비의 근본
은 여러 나무와 채소의 애벌레요, 귀뚜라미의 근본은
잠자리로 속칭 '수독아'요, 벌의 근본은 명령螟蛉: 뽕나
무 벌레이요, 파리의 근본은 말매미요, 모기의 근본은
며루, 즉 홍사충이다.

날개가 있어 날 수 있는 것들은 근본을 따져보면 꿈
틀거리지 않는 것이 없다. 날개가 없어 날지 못할 때
는 모양이 크기도 하고 작기도 하고 길기도 하고 짧
기도 하며, 뿔이 있기도 하고 털이 있기도 하고, 푸르
기도 하얗기도 붉기도 알록달록하기도 하다. 혹은 나

무 사이에서, 혹은 풀 사이에서, 혹은 물속에서, 혹은 땅속에서 꾸물거리고 꼬물거리는데, 뜰을 지나가며 그것들을 보는 이마다 침을 뱉어 더럽게 여기지 않는 이가 없다.

등에는 잔 점들이 있는데, 때가 되어 변화하면 형체가 바뀌고 달라지니, 날개가 없는 것은 날개가 생기고, 날지 못했던 것은 날 수 있게 된다. 분을 바르고, 눈썹을 붉게 그리고, 비단옷을 입고, 여기에다 비취로 머리에 장식한 것은 구슬처럼 영롱하고, 망사처럼 반짝거리니, 너울거리는 우아한 모습이 참으로 아름답고 화려하다. 그것을 본 자는 사랑하지 않을 수 없고, 그것을 얻은 자는 혹여 잘못될까 조심하며, 그것이 그림을 그린 기둥에 점을 찍고 가거나 화려한 옷자락을 스쳐 지나가더라도 싫어할 수가 없다.

사람들이 저것은 박대하면서 이것은 사랑하는 이유를 나는 모르겠다. 소리가 없다가 소리를 내고, 날지 못하다가 나는 것을 보고는, 그 기질을 변화시킬 수 있음을 사랑한 것인가? 아니면, 푸르고 붉게 단장하고 알록달록 아름답게 빛을 발하는 것을 보고는, 외양을 화려하게 꾸민 것을 사랑한 것인가? 참으로 알수가 없다.

(2) 인간의 그물과 거미의 그물

아이일 때 거미를 한 말 가득히 잡으면 복을 받고 장수한다는 얘기를 듣고는, 거미를 보면 반드시 죽이고 줄을 헐어버렸다. 커서 생각해보니, 이는 대단히 옳지 않은 일이었다. 이 말을 만들어낸 자는 필시 거미가 줄을 쳐서 벌레들을 잡는 것을 몹시 미워하여 다른 사람들도 함께 자신이 미워하는 것을 없애기를 바란 것일 게다. 하지만 지금 거미를 가지고 사람을 비유한다면, 사람 중에 거미가 아닌 자가 몇이나 될 것인가?

옛날 복희씨가 거미줄을 본떠 그물을 엮었는데, 그 방법이 갈수록 정밀했다. 모罞와 민罠은 큰 사슴을 잡는 그물이고, 아罞, 호罞, 부罞, 필罼이라는 것은 토끼를 잡는 그물이고, 부罦, 매罞, 무罞, 동罬이라는 것은 꿩을 잡는 그물이고, 저罝, 구罟, 정罜, 령罜, 고罛, 어罭, 주罜, 록罜, 고罛, 조罩, 전罠, 역罭, 보罜, 종罜, 류罜, 조罜, 조罜, 료罜, 증罾, 로罜, 뢰罜, 담罧은 물고기를 잡는 그물이다. 삼과 칡으로 만든 줄과 고치와 목화로 만든 실을 열에 다섯만 써도 몇 마장의 시내를 울타리처럼 둘러에워싸고, 작은 산의 샛길을 연기와 안개처럼 갈피를 잡지 못하게 가로막을 수 있으니, 걸려들지 않는 새가 없고, 그물질당하지 않는 물고기가 없으며, 잡히지 않는 짐승이 없다. 살아 있는 것을 마음대로 해쳐서 그것을 먹이 삼는다면, 거미줄이 과연 좋은 그물이겠는가? 또 사람이 만든 그물은 좋은 그물이겠는가?

이뿐이겠는가? 시기하고 이기려는 마음으로 엮어서 그럴싸한 곳에 펼쳐놓고는, 교묘한 말로 잡아매고 가혹한 법으로 두들겨서, 마침내 꿩을 토끼그물에서 죽게 하고, 큰 기러기를 물고기그물에 걸려들게 하는 자가 있다. 이는 거미도 하지 않는 짓인데, 오직 사람만이 그렇게 한다. 어찌 거미가 배부름을 구하는 것은 벌하면서, 자신은 생명을 해치는 죄를 짓는 것인가? 그러므로, 다섯 말의 거미를 죽이는 것보다 차라리 자기의 마음속에 그물을 놓아 해치려는 마음을 잡는 것이 낫다. 이것이 최고의 음덕陰德이다. 나는 이로부터 다시는 한 마리의 거미도 죽이지 않을 것이다.

3-8.
벌레의 즐거움, 벌레와 함께 사는 즐거움

(1) 수숫대 속 벌레의 소요유

한번은 우연히 수숫대를 꺾어 한 마디를 쪼개 보니, 가운데가 텅 비어 구멍이 나 있었는데 위아래로 한 마디도 되지 않았다. 크기는 연근 구멍만 한데, 거기 벌레가 살고 있었다. 벌레의 길이는 기장 두 알 크기로, 꿈틀거리며 움직이는 것에서 생명력이 느껴졌다. 내가 한숨을 내쉬고 탄식하며 말했다.

"즐겁구나, 벌레여! 이[此] 사이에서 태어나 이 사이에서 자라고, 이 사이에서 살고 움직이며 이 사이에서 먹고 입고 하다가, 그렇게 이 사이에서 늙어가겠구나. 그렇듯 윗마디를 하늘로 삼고, 아랫마디를 땅으로 삼으며, 수숫대의 하얀 속살을 먹이로 삼고, 푸른 껍데기를 집으로 삼으며, 해와 달, 바람과 비, 추위와 더위의 변화도 없고, 산하, 성곽, 도로의 험난함과 평탄함에 대한 근심도 없으며, 밭 갈고 베 짜고 요리하는 것을 마련할 것도 없고, 예악과 문물의 찬란함도 없구나.

저 벌레는 인물, 용과 호랑이, 붕새와 곤의 위대함을 알지 못하므로 자신에게 자족하여 눈이 먼 줄도 모른다. 궁실과 누대의 사치스러움을 알지 못하므로 그 거처에 자족하여 좁다고 여기지 않는다. 의복의 무늬, 수놓은 비단, 기이한 짐승의 털, 채색 깃털의 아름다움을 알지 못하므로 그 나체에 자족하여 부끄럽다고도 여기지 않는다. 술과 고기와 귀한 음식의 맛을 알지 못하므로 그 씹는 것에 자족하여 굶주린다고 여기지 않는다. 귀로 듣는 것이 없고, 눈으로 보는 것이 없으며, 수숫대의 하얀 속살을 배불리 먹다가 때때로 답답하고 무료하면 그 몸뚱이를 세 번 굴려 윗마디에 이르러 멈추니, 이 또한 하나의 소요유逍遙遊로다. 어찌 넓디넓고 여유로운 공간이라 하지 않겠는가. 즐겁구나, 벌레여!"

이야말로 옛날의 지인至人이 배웠지만 아직 이르지는 못했다는 경지라 하겠다.

(2) 차라리 벌레와 사는 것이 좋아

내 집은 시골인 데다 방은 몹시 누추하여, 여름이 되면 낮에는 파리가 괴롭히고, 밤에는 모기가 괴롭히며, 방 안에서는 벼룩과 이가 괴롭힌다. 나는 늘 이것들이 괴로워서 감당하기 힘들었다. 그러나 생각해보니, 이것들은 그다지 괴로운 것이 못된다.

산골짜기 가까이에 살면 호랑이와 표범이 날마다 침입해와 시끄럽게 굴고, 번화가의 중심지에서는 밤을 틈타 도둑들이 넘본다. 풀숲에서 자면 뱀, 살무사, 땅강아지, 등에가 있고, 논에서 김을 매면 풍뎅이, 거머리가 있으며, 숲속에서 나무를 하면 나무에 붙어사는 벌레들이 있다.

이뿐인가? 가난한 집에는 빚을 독촉하는 사람이 있고, 부잣집에는 구걸하는 사람이 있으며, 귀한 집에는 쫓아와 들러붙는 사람이 있다. 기쁜 것은 벼룩이나 이가 사람의 피를 빨아들이는 것과 같고, 성내는 것은 모기가 사람의 살갗을 깨무는 것과 같으니, 이로써 보건대, 사람으로 하여금 잠시라도 그 고통을 참을 수 없게 한다.

지금 나에게는 저 세 무리의 사람이 없고, 호랑이나 표범, 도적이 없으며, 풀숲에서 자거나 논에서 김매거나 숲속에서 나무할 일도 없다. 자리가 해지고 굴

뚝이 좁지만 바퀴벌레와 사마귀, 냄새나는 벌레의 재앙이 없으니, 모기와 파리, 벼룩과 이가 왕왕 번갈아 가며 침입한다고 해도 어찌 그 괴로움 때문에 이 즐거움을 바꿀 것인가? 이렇게 생각하면서 눈을 감고 푹 자면 네 가지 벌레가 괴롭히는 것도 알지 못한다.

3-9.
우리는 모두 벌레다

오뉴월이 교차할 무렵, 바람이 무덥고 비가 오래도록 내려 습기가 차고 후덥지근해지면 모기, 파리, 벼룩을 비롯한 벌레들이 많다. 분가루처럼 하얗고 미세해서 알아볼 수도 없는 것이 상 위에서 꿈틀거리는데, 자세히 살펴보면 벌레다. 창틈에서 또닥또닥 먼 마을의 다듬이질 소리 같은 것을 내는 것이 있는데, 자세히 들어보면 벌레다. 밤에 누워 있으면 크기가 기장알보다 작은 것이 팔을 타고 올라오는데, 더듬어 만져보면 벌레다. 좁은 방 안에 어찌 이리도 벌레가 많은가?

아! 천지간에 생명을 지니고 움직이는 것은 모두 벌레다. 날개 있는 벌레, 털 있는 벌레, 비늘 있는 벌레, 딱딱한 껍데기가 있는 벌레가 있고, 나충倮蟲이라는 벌레도 있다. 상서로운 기린과 봉황, 커다란 곤과 붕새, 신이한 거북과 용도 하늘에서 보면 모두 벌레다. 삼백 종류의 나충 가운데 사람이 우두머리가 된다고 하니, 사람을 벌레로 치면 나충에 가깝다.

천리 벌판에 군영을 늘어놓고, 용맹한 장수 삼십육 명과 정예병사 팔십만을 이끌고 북을 쳐 전진하고 징을 두드려 멈추면서 남쪽으로 북쪽으로 정벌하는 자는, 달관의 관점에서 보면 일개 개미다.

비단을 수놓은 폐슬蔽膝을 두르고 푸른 옥을 차고, 명군明君의 시대에 뜻을 얻어 높은 자리에서 훨훨 나는 자는, 달관의 관점에서 보면 일개 나비다.

작은 산 무성한 계수나무 숲속에 깃들어 만승의 천자에 대해서도 오만하고, 청색과 자색 인수印綬를 지닌 고관대작을 업신여겨 쳐다도 보지 않고 자기 한 몸을 깨끗이 하는 자는, 달관의 관점에서 보면 일개 반딧불이다.

문장으로 한 세상을 움직여 시사가 악부에 오르고, 명성이 사방 이민족에게까지 전해지고, 화려하고 아름다운 문장으로 당대의 융성함을 노래한 자는, 달관의 관점에서 보면 일개 매미다.

높은 누대와 비옥한 논밭에 금과 옥을 쌓아 놓고, 부유하게 경영하여 자손에게 무궁한 업을 전달하려고 생각하는 자는, 달관의 관점에서 보면 일개 벌이다.

세력을 잃은 자를 등지고 권세 있는 자를 쫓아 이익이 있는 곳을 백방으로 뚫으려 시도하며, 달콤한 것을 핥고 빨기를 남에게 뒤질까 두려워하는 자는, 달관의 관점에서 보면 일개 파리다.

감사와 수령처럼 뿔나팔을 불고 깃발을 휘날리며, 남의 뼈를 깎고 피를 약탈하여 백성을 야위게 하면서 제 배를 불리는 자는, 달관의 관점에서 보면 일개 모기다.

경박스런 귀족 자제처럼 재능을 믿고 세력을 빙자하여, 화려한 옷을 입고 기운센 말을 타고 스스로를 뽐내며 남들을 가볍게 여기는 자는, 달관의 관점에서 보면 일개 잠자리다.

지모 있는 선비가 스스로 천하경영을 말하며, 기미와 책략을 마련하여 사람들을 속이고 남을 해치는 것은, 달관의 관점에서 보면 일개 거미다.

바야흐로 훨훨 획획 어지러이 너울너울 움직이면서도, 천지 사이에서 벌레는 어떤 사물인지, 또 나는 어떤 벌레인지 스스로 알지 못한다. 지위가 높고 재능이 많고 덕이 갖추어지고 권세가 큰 자도 이와 같거늘, 쌔근쌔근 숨쉬고 꼼틀꼼틀 움직이는 일개 하루살이나 등에 같은 우리는 오죽하겠는가? 몸뚱이가 조금 더 크고 지각이 조금 더 지혜롭다 하여, 어찌 이 여러 종류의 벌레들을 하찮다고 비웃겠는가.

낭송Q시리즈 서백호
낭송 이옥

4부
모든 것은 빛난다

4-1.
세상 어느 둘도 같은 것은 없어라

전주의 동쪽, 종남산 아래 송광사가 있다. 외문 기둥은 베어다 대패질하지 않은 것이고, 제2문은 금강역사 둘, 옥녀 둘이 지키고 있다. 제3문은 게체揭諦: 불법 수호신 넷이 좌우로 나뉘어 서 있는데, 모두 쇠갑옷과 쇠투구를 입고 쇠도끼와 보검을 쥐고 있다. 문 서쪽은 고루다. 문 안의 절 마당은 널찍하고 네모난데, 마당 가운데는 석화표와 석등이 있다.

불전은 넷인데, 가운데 겹지붕으로 된 건물이 대웅전이요, 서쪽이 향로전, 동쪽이 나한전, 그 뒤에 있는 것이 시왕전이다. 나한전 동쪽에 승방 네 곳이 있고, 동쪽 개울가에는 종이 만드는 곳이 있다.

대웅전에는 금부처가 셋인데, 여래, 관음, 대세지불이다. 모두 앉아서 남쪽을 향해 있는데, 무릎은 연좌

위에 평평히 있고, 머리는 동자기둥까지 솟았으며, 안립은 등에까지 이르렀다. 그 규격을 보니, 어깨 이상은 어른 키보다 세 치나 높고, 손은 식지집게손가락가 일 척 이 촌, 둘레 길이는 세 척 남짓이다. 허벅지는 손가락의 열 배, 허리는 허벅지의 열 배, 배는 삼십 종鐘은 될 듯하다. 앞에는 백자병과 채화, 범자번, 삼각 수낭, 원경, 금용, 법고가 놓여 있고, 조금 오른쪽으로 는 옻칠한 궤가 불상 앞에 각각 놓여 있고 그 위에 불경을 놓았는데 좀이 슬었다.

나한전에는 나한의 수가 오백에 이르는데, 그 눈으로 말하자면, 각각 물고기 같은 것, 속눈썹이 드리운 것, 봉새처럼 둥근 것, 자는 것, 불거진 것, 눈동자가 튀어나온 것, 부릅뜬 것, 흘겨보는 것, 곁눈질하며 웃는 것, 닭처럼 성내며 보는 것, 세모난 것이 있고, 눈썹은 칼을 세운 듯 꼿꼿한 것, 나방의 더듬이 같은 것, 굽은 것, 긴 것, 몽당비 같은 것이 있다. 또 코는 사자처럼 쳐들린 것, 양처럼 생긴 것, 매부리처럼 굽은 것, 주부코인 것, 밋밋한 것, 납작코인 것, 대롱을 잘라 놓은 듯한 것이 있고, 입은 입술이 말려 올라간 것, 앵두 끝처럼 생긴 것, 말 주둥이 같은 것, 까마귀 부리 같은 것, 호랑이 입 같은 것, 비뚤어진 것, 물고기처럼 뻐끔대는 것이 있다. 얼굴은 누런 것, 약간 파란 것, 붉은

것, 분처럼 흰 것, 복사꽃 같은 것, 불그레한 것, 밤색
인 것, 기미 낀 것, 사마귀 있는 것, 마비된 듯한 것, 반
점이 돋은 것, 혹이 난 것이 있으며, 물고기 눈에 사자
코를 한 것, 양 코에 눈썹이 드리운 것, 사자코와 부릅
뜬 눈에 호랑이 입을 한 것이 있다.

눈이 같으면 코가 다르고, 코가 같으면 입이 다르고,
입이 같으면 얼굴빛이 다르며, 그 모두가 같으면 키
와 체구가 다르고, 키와 체구가 같으면 자세가 다르
다. 혹은 서고, 혹은 앉고, 혹은 숙이고, 혹은 옆의 것
과 가깝고, 혹은 왼쪽을 돌아보고, 혹은 오른쪽을 돌
아보고, 혹은 남과 이야기하고, 혹은 글을 보고, 혹은
글을 쓰고, 혹은 귀를 기울이고, 혹은 칼을 지고, 혹은
어깨를 기대고, 혹은 근심하는 듯 머리를 떨어뜨리
고, 혹은 생각하는 듯하고, 혹은 기쁜 듯 코를 처들고
있으며, 혹은 선비 같고, 혹은 환관 같고, 혹은 아녀자
같고, 혹은 무사 같고, 혹은 병자 같고, 혹은 어린애
같고, 혹은 늙은이 같아서, 천 명이 모인 모임, 만 명
이 모인 시장처럼 그 모습이 제각각이다.

4-2.
물이 있는 곳에 돌이 있다

산이 있으면 골짜기가 있고, 골짜기가 있으면 물이 있으며, 물이 있으면 돌이 있고, 돌이 있으면 그 돌은 반드시 희다. 물은 산에서 나오지만 골짜기를 따라 흐른다. 물이 흘러가면 흙은 쓸려가지만 돌은 남아 있다. 골짜기는 길고 구불구불한 것이 좋고, 물은 유유하게 졸졸 흐르는 것이 좋고, 돌은 검고 반질한 것이 좋다. 이러한 것이 없다면 좋은 경치라 하기에는 부족하다.

덕유산 자락이 나란히 뻗어 가다가 동쪽으로 오십 리쯤에서 멈추는데, 그 사이에 골짜기가 있고, 골짜기에는 물이 있다. 물의 본성은 아래로 흐르는 것이라 장차 동쪽으로 바다에 이를 것인데, 양쪽에 산이 버티고 있어 나아갈 수가 없다. 그리하여 산이 동쪽으로 뻗어 있으면 동쪽으로 흐르고, 산이 서쪽으로 뻗어 있으면 서쪽으로 흐르니, 산자락을 타고 천천히 흐르며 이어진다. 혹 내달리다가 폭포가 되기도 하고, 혹 파엎어 웅덩이가 되기도 하고, 혹 갇혀서 못이 되기도 하고, 혹 달리다가 개천이 되기도 하고, 혹 빠르게 내달려 여울이 되기도 하고, 혹 모여서 소용돌이가 되기도 하고, 혹 샘솟아 계곡물이 되기도 하고, 혹 흩어져 물굽이가 되기도 하지만, 그래도 가로막히면 뜻을 얻지 못해 물 속의 돌을 만나 그 노여움을 쏟아낸다.

돌은 굳세고 단단하여 물의 노여움을 받아도 편안하다. 누워 있는 것도 있고 서 있는 것도 있으며, 엎드린 것도 있고 웅크린 것도 있다. 부딪히는 것도 있고 콩대 같은 것도 있으며, 물에 씻기는 것도 있고 물을 마시는 것도 있다. 이와 같으니 물이 돌을 어찌하겠는가? 떠들썩하게 벼락 치듯 부딪히고, 휘돌아 뛰어오르고, 들이받아 날뛰고 설치다가도 다시 잔잔하고 정답게 흐르며 행인과 서로 앞서거니 뒤서거니 한다.

이곳 사람들은 그 물을 이롭게 여겨, 대나무 홈통으로 물을 끌어다 농사를 짓고, 물레방아를 돌려 방아 찧는 힘을 덜고, 옹기로 물을 길어 우물 파는 것을 대신하니, 물의 이로움이 크도다! 그러나 사는 자들이

높은 곳에 거처를 만들어 산자락에 왕왕 돌을 쌓아
제방을 만드니, 백성을 이롭게 하는 것이 때로는 백
성을 해치기도 한다.

물가의 주민이 "이곳이 안음의 화림동이다"라고 하
였다. 안음에는 세 개의 동이 있는데, 모두 물과 돌의
경치가 뛰어나다. 내가 본 것은 그 마지막 것이다.

4-3.
아름다우니까 세상이다

바람은 고즈넉하고 이슬이 맑은 팔월은 아름다운 계
절이요, 물은 흐르고 산은 고요한 북한산은 아름다운
곳이며, 온화하고 진실한 몇몇 친구는 모두 아름다운
선비다. 이런 아름다운 선비들이 이런 아름다운 경계
에 노니는 것이 어찌 아름다운 일이 아니겠는가?

자동紫峒을 지나니 아름답고, 세검정에 오르니 아름
답고, 승가사 문루에 오르니 아름답고, 문수사 문에
오르니 아름답고, 대성문에 임하니 아름답고, 중흥사
동구에 들어가니 아름답고, 용암봉에 오르니 아름답
고, 백운대 아래 기슭에 이르니 아름답다. 상운사 동
구가 아름답고, 폭포가 빼어나게 아름답고, 대서문이
아름답고, 서수구가 아름답고, 칠유함이 매우 아름답
고, 백운동문과 청하동문이 아름답고, 산영루가 빼어

나게 아름답고, 손가장이 아름답다.

정릉동구가 아름답고, 동성 바깥 모래펄에서 내달리는 말들을 보는 것이 아름답고, 삼 일 만에 다시 도성에 들어와 취렴, 방사, 홍진, 거마를 보게 되니 더욱 아름답다. 아침도 아름답고 저녁도 아름답고, 날씨가 맑은 것도 아름답고 날씨가 흐린 것도 아름답다. 산도 아름답고 물도 아름답고, 단풍도 아름답고 돌도 아름답다. 멀리서 조망해도 아름답고 가까이서 보아도 아름답고, 불상도 아름답고 승려도 아름답다. 아름다운 안주가 없어도 탁주가 아름답고, 아름다운 사람이 없어도 나뭇꾼의 노래가 아름답다.

요컨대, 그윽하여 아름다운 곳이 있는가 하면 밝아서 아름다운 곳도 있다. 탁 트여 아름다운 곳이 있는가 하면 높아서 아름다운 곳도 있다. 담담하여 아름다운 곳이 있는가 하면 번다하여 아름다운 곳도 있다. 고요하여 아름다운 곳이 있는가 하면 적막하여 아름다운 곳이 있다. 어디를 가든 아름답지 않은 곳이 없고, 누구와 함께하든 아름답지 않은 곳이 없다. 아름다운 것이 이렇게 많을 수 있단 말인가!

이자李子는 말한다.

아름답기 때문에 왔다. 아름답지 않다면 오지 않았을 것이다.

4-4.
꽃을 사랑하니 꽃에 무심한 것

높은 곳에 올라 서울 장안의 봄빛을 바라보면, 무성하고 아름답고 빼어나고 곱기도 하다. 흰 것이 있고, 붉은 것이 있고, 자주색이 있고, 희고도 붉은 것이 있고, 붉고도 흰 것이 있고, 노란 것이 있고, 푸른 것이 있다. 나는 알겠다. 푸른 것은 버드나무요, 노란 것은 산수유꽃과 구라화狗剌花이며, 흰 것은 매화꽃, 배꽃, 오얏꽃, 능금꽃, 벚꽃, 귀룽화, 벽도화임을. 또 붉은 것은 진달래, 철쭉, 홍백합, 홍도화요, 희고도 붉거나 붉고도 흰 것은 살구꽃, 앵두꽃, 복사꽃, 사과꽃이며, 자주색은 정향화로구나.

장안의 꽃들은 이밖에 다른 것이 없으며, 다른 것이 있다 하더라도 볼 만한 것이 못 된다. 그런데 그 가운데서도 때에 따라 같지 않고 장소에 따라 같지 않다. 아침 꽃은 어리석어 보이고, 한낮의 꽃은 고뇌하는 듯하며, 저녁 꽃은 화창하다. 비에 젖은 꽃은 파리하고, 바람을 맞은 꽃은 고개를 숙였으며, 안개에 젖은 꽃은 몽롱하다. 또 이내해질 무렵의 푸르스름하고 흐릿한 기운 낀 꽃은 원망하는 듯하고, 이슬을 머금은 꽃은 뽐내는 듯하다. 달빛을 받은 꽃은 요염하고, 돌 위의 꽃은 고고하며, 물가의 꽃은 한가롭고, 길가의 꽃은 어여쁘고, 담장 밖으로 뻗어 나온 꽃은 손대기 쉽고, 수풀 속에 숨은 꽃은 가까이하기 어렵다.

이런저런 모양의 가지가지 색들이야말로 꽃을 보는 큰 구경거리다. 남산도 그러하고, 북한산도 그러하고, 육각봉도 그러하고, 원현도 그러하고, 북저동도 그러하고, 화개동도 그러하고, 도화동도 그러하다. 나는 이와 같이 느꼈고, 이와 같이 했다. 비록 하루 종일 지팡이를 짚고 나막신을 끌고 돌아다니더라도 여기서 벗어나지 않을 것이요, 하루 종일 지게문과 바라지문을 닫고 있어도 보는 것이 여기서 벗어나지 않을 것이다. 어찌 굳이 집 밖으로 나가 구경하느라 발이 눈을 원망하도록 하겠는가.

동원공이 서곽 선생이옥을 지칭하는 가상 인물에게 물었다. "사람들은 모두 꽃이 있는 곳으로 가는데 그대만 홀로 집에 있으니, 그대는 어찌하여 꽃에 그리 무심하단 말인가?"

서곽 선생이 대답했다.

"그렇지 않네. 큰 은혜는 은혜를 끊고, 큰 자비는 자비를 끊고, 큰 동정심은 동정심을 끊고, 큰 사랑은 사랑을 끊는 법이라네. 재상의 지위에 올라 큰 녹을 받는 것을 어느 누가 좋아하지 않겠는가? 은사隱士가 이를 가장 좋아하지만, 그것을 잃어버리고 남에게 빼앗길 것을 염려하는 까닭에 처음부터 그 자리에 거하지 않는 것이네. 깊숙한 안방 부드러운 베갯머리에서 아름다운 여인을 가까이하는 것을 어느 누가 좋아하지 않겠는가? 석가모니가 이를 가장 좋아하지만, 이별하고 그리워하는 것을 두려워하는 까닭에 처음부터 사귀지 않는 것이라네. 붉고 흰 온갖 꽃들의 기품 있는 빛깔과 고운 향기를 어느 누가 좋아하지 않겠는가? 내가 이를 가장 좋아하지만, 그것이 봄날 비바람과 함께 떠나감을 두려워하는 까닭에 처음부터 가까이하지 않는 것이야. 세상 사람들이 꽃을 사랑하는 것은 가볍지만, 내가 꽃을 사랑하는 것은 애절한 것일세. 저 전지滇池: 운남성 지역의 남쪽 땅에는 봄만 있고 가을은 없으며, 겨울철에도 두견화를 비롯하여 금규화, 홍매화, 목향화, 목서화, 수선화 등 오색의 꽃이 사계절 화려하게 피어 있을 것이네. 아! 내가 그 땅을 고

향으로 삼게 된다면, 필경 수풀 아래 집을 짓고 살 것
이야."

4-5.
왁자지껄 시장 풍경

내가 머물고 있는 집은 시장과 가까운 곳이다. 2일과 7일이면 시장에서 들려오는 소리로 왁자지껄하다. 시장 북쪽은 내가 거처하는 남쪽 벽 아래인데, 본래 벽에 창이 없는 것을 내가 햇빛을 들이기 위해 구멍을 뚫고 종이창을 만들어 놓았다. 종이창 밖, 채 열 걸음도 되지 않는 곳에 낮은 둑이 있는데, 거기가 시장의 출입구다. 종이창에는 구멍을 만들어 놓았는데, 겨우 한쪽 눈으로 내다볼 수 있는 정도였다. 섣달 스무이렛날 장날에 나는 무료하기 짝이 없어 종이창 구멍을 통해서 밖을 엿보았다. 때는 금방이라도 눈이 내릴 듯 잔뜩 흐려 잘 분별할 수 없었으나, 대략 정오를 지나고 있었다.

소와 송아지를 몰고 오는 사람, 소 두 마리를 몰고 오는 사람, 닭을 안고 오는 사람, 문어를 들고 오는 사람, 멧돼지 네 다리를 묶어 짊어지고 오는 사람, 청어를 묶어서 들고 오는 사람, 청어를 엮어서 주렁주렁 드리운 채 오는 사람, 북어를 안고 오는 사람, 대구를 가지고 오는 사람, 북어를 안고 대구나 문어를 가지고 오는 사람, 잎담배를 끼고 오는 사람, 미역을 끌고 오는 사람, 섶과 땔나무를 매고 오는 사람, 누룩을 지거나 이고 오는 사람, 쌀자루를 짊어지고 오는 사람, 곶감을 안고 오는 사람, 종이 한 권을 끼고 오는 사람, 접은 종이 한 폭을 들고 오는 사람, 대광주리에 무를 담아 오는 사람, 짚신을 들고 오는 사람, 미투리를 가지고 오는 사람, 굵직한 노끈을 끌고 오는 사람, 목면포로 만든 휘장을 묶어서 오는 사람, 자기磁器를 안고 오는 사람, 동이와 시루를 짊어지고 오는 사람, 돗자리를 끼고 오는 사람, 나뭇가지에 돼지고기를 꿰어 오는 사람, 강정과 떡을 들고 먹는 어린아이를 업고 오는 사람, 병 주둥이를 묶어 손에 들고 오는 사람, 짚으로 물건을 묶어 끌고 오는 사람, 버드나무 상자를 지고 오는 사람, 광주리를 이고 오는 사람, 바가지에 두부를 담아 오는 사람, 사발에 술과 국을 담아 조심스럽게 오는 사람, 머리에 인 채 등에 지고 오는 여자, 어깨에 무엇을 얹은 채 어린아이를 이고 오거나 머리에 이고 다시 왼쪽에 물건을 낀 남자, 치마에 물건을 담아 옷섶을 잡고 오는 여자, 서로 만나 허리를 굽혀 절하는 사람, 서로 이야기를 나누는 사람, 서로 화를 내며 발끈하는 사람, 서로 손을 잡아끌어 장난치는 남자와 여자, 갔다가 다시 오는 사람, 왔다가 다시 가는 사람, 갔다가는 또다시 바삐 돌아오는 사람, 넓은 소매에 자락이 긴 옷을 입은 사람, 소매가 좁고 짧으며 자락이 없는 옷을 입은 사람, 방갓에 상복을 입은 사람, 승포와 승립을 한 중, 패랭이를 쓴 사람 등이 보인다.

여자들은 모두 흰 치마를 입었는데, 간혹 푸른 치마를 입은 자도 있었고, 의대衣帶를 맨 아이도 있었다. 남자가 머리에 쓴 것 중에는 자줏빛 휘양을 착용한 자가 열에 여덟아홉이요, 목도리를 두른 자도 열에 두셋이었다. 패도佩刀는 어린아이들도 차고 있었다. 서른 살 이상 된 여자는 모두 조바위를 썼는데, 흰 조바위를 쓴 자는 상중喪中에 있는 사람들이다. 늙은이는 지팡이를 짚고, 어린아이는 어른들의 손을 잡고 갔다. 행인 중에는 술 취한 자가 많아 가다가 엎어지기도 하고, 급한 자는 달려갔다.

구경을 채 끝내지 않았는데, 나무를 한 짐 짊어진 사람이 종이창 밖에서 담장을 정면으로 향한 채 쉬고 있었다. 하여 나 또한 책상에 기대어 누웠다.

세모의 시장은 더욱 북적거렸다.

4-6.
침이 꼴깍 넘어갈 오이 요리 레시피

재齋에서 내려가면 뜰이요, 뜰에서 내려가면 채마밭인데, 채마밭 크기는 보리 두 말을 심을 정도다. 해마다 여기에 오이를 심는데 육십 모종 남짓을 심을 수 있다. 3월에 파종하면 4월에 오이가 넝쿨지고, 5월에는 처음 꽃을 피운다. 꽃이 피고 달포 즈음이 되면 오이가 열려 먹을 수 있다. 오이가 먹을 만하게 되면, 첫날 따고 삼일째 되는 날 따고 오일째 되는 날 또 따는데, 작은 것은 엄지손가락만 하고 큰 것은 양의 뿔만하다. 큰 것은 굵기가 손으로 감싸 쥘 정도고, 크고 늙은 것은 둘레가 한 자나 된다. 작은 것은 깨끗이 씻어 소금물에 담갔다가 껍질째 씹어 먹으면 소주 안주로 적당하고, 큰 것은 자르고 금을 내서 미나리, 파, 마늘 등으로 속을 넣거나, 혹 소금물에 담가두거나 젓갈을

첨가해 절이거나 간을 한 물에 살짝 데쳐 김치를 담그기도 하는데, 날씨가 추우면 김치가 익지 않아 매실처럼 시어지기도 한다. 둘레가 손아귀만 한 것은 국이나 채로 만드는데, 채는 네모나게 썰거나 둥글게 썰고, 국은 말발굽 모양으로 삭둑삭둑 잘라 만든다. 반찬으로 만들 수 있는 오이의 용도는 한두 가지가 아니니, 이는 그 대략일 뿐이다.

늙고 큰 것은 껍질이 누렇고, 질기고 주름진 것이 큰 나무껍질 같으며, 속은 비어 있다. 맛은 조금 시고 씨는 딱딱하므로 저장할 수는 있어도 먹을 수는 없다. 회를 쳐서 깨끗이 씻은 다음 신 부분을 발라내고, 누런 부분을 잘라 버리면 더위를 물리치는 채가 된다. 그게 아니면 쪼개서 씨만 취하고 나머지는 버린다. 이처럼 오이의 용도는 크기에 따라 다르다.

그러나 오이는 자라면서 쉽게 늙는다. 꽃이 떨어지고 삼 일이 지나 가보면 작은 것이라도 안주로 쓸 만하며, 하루 있다 가보면 벌써 쑥 자라 있고, 또 삼 일이 지나 가보면 더 커졌는데, 간혹 오이잎 그늘이나 해바라기와 비름 잎에 겹쳐 가려져 있어 여러 번 보아도 보이지 않다가 갑자기 입이 딱 벌어질 만큼 놀랍게 늙어 버렸거나 졸지에 커져 버리기도 한다.

그러므로 채마밭을 가꾸는 사람이 오이를 딸 적엔 그

모양을 살피고 눈으로 가늠하여 작은 것은 남겨두고 큰 것을 거두는데, 살필 때는 마치 쌓인 나뭇잎 속에서 밤알을 고르듯 하고, 헤아려 취할 때는 장대에 주머니를 달아 감을 따는 것처럼 하여 뿌리도 밟지 않고 넝쿨을 헤치지도 않는다. 그리하여 작은 것은 안주거리로, 큰 것은 김치나 국이나 채로 만들어 먹고, 큰 것 중에서 못 먹는 것은 한두 개를 후사後嗣로 삼아 해마다 저장해 둔다.

이런 연후에야 채마밭의 도를 얻는 것이다. 나는 모르겠노라. 오이를 심는 자는 안주를 만들려 하는 것인가, 김치를 만들려 하는 것인가, 국을 만들고 채를 만들려는 것인가? 아니면 늙어지면 버려서 그 씨앗을 남기려는 것인가? 알 수 없는 일이다.

4-7.
우리를 먹이는 것은 산과 들

채소는 채마밭에 심는 게 다가 아니다. 산과 들판에
자생하여 자라는 것도 모두 채소다. 매년 늦은 봄, 비
가 충분히 내린 뒤에 온갖 풀이 싹을 틔우면 연초록
과 짙푸른 것 가운데 먹을 수 없는 것이 드물다.

젊은 아낙이 광주리를 들고 무리지어 집을 나서 푸
성귀를 찾는데, 그 캐고 뜯는 것으로 말하면, 들에서
는 고들빼기, 조방가새, 엉경퀴, 사태올, 지채광, 꽃다
지, 질경이, 소루쟁이, 도꼬마리, 거여목, 닭의장풀, 벼
룩나물, 가자채, 황두채, 동해채, 솔나물, 평량채, 조팝
나물 등이 있다. 산에서 뜯는 것으로는 삽주, 고사리,
어사리, 말굴레풀, 설면자, 고비, 서홀아, 원추리, 게로
기, 산쑥, 계아즙, 대나물, 조개나물, 진채, 곽채, 나올
채 등이 있다.

조방가새라는 것은 소계이고, 엉겅퀴는 대계이며, 질
경이는 차전, 거여목은 목숙, 도꼬마리는 창이, 소루
쟁이는 양제, 삽주는 창출과 백출, 고사리와 어사리
는 궐과 미다. 또 게로기라는 것은 제니, 닭의장풀은
번루다. 이는 모두 나물 캐는 아낙들이 부르는 이름
을 글자로 적은 것이다. 때문에 왕반의『야채보』나 곽
박이 시경에 단 주석을 살피더라도 고증할 수 없는
것이 있다.

들나물은 대체로 몹시 쓰지만 사람에게 이롭고, 산나
물은 향기가 진하지만 사람에게 해롭다. 흉년이 들
때 백성들이 나물로 먹는 것을 반드시 들에서 구하고
산에서 취하지 않는 데는 이처럼 다 이유가 있는 것이
다.

나는 천성이 산나물을 좋아하여, 앞에 있으면 반드
시 포식을 하고 만다. 일찍이 한식날에 누원의 객점
을 지나다가 밥을 사먹은 적이 있다. 객점의 노파가
큰 동이에 산나물을 씻는데 빛깔이 좋고 향기가 났
다. 나는 밥 한 그릇을 다 먹어놓고도, 잇달아 건청어
로 한 그릇을 더 먹고, 북어채로 또 한 그릇을 더 먹
어, 연달아 세 그릇을 먹게 되었다.

객점의 노파가 내게 재계齋戒 중인지를 물어오니, 나
는 '재계하는 게 아니라 나물을 좋아해서요'라고 말

했다. 객점의 노파는 '손님들이 모두 댁 같다면 수락산 나물을 다 뜯어도 부족하겠수'라며 다시 큰 그릇 하나를 대접해주었다. 산나물은 실로 맛이 좋지만, 많이 먹으면 사람을 피폐하게도 한다.

5부
이야기 수집가로서의 작가

5-1.
아이를 낳아도 기뻐할 수 없는 세상

경금자이옥의 이웃에 네 아들을 둔 어미가 있었다. 그녀가 해산했다는 소문을 듣고 물어보니 또 사내아이란다. 이레 만에 일어났는데, 얼굴의 붓기는 아직 가시지 않았고 기뻐하는 기색이라고는 없이 문설주에 기대어 한숨만 쉬고 있다.

계집종을 보내 축하하니, 그 여인이 발끈 화를 내며 말한다.

"근심할 겨를도 없는 형편인데, 어찌 축하한다고 성가스럽게 하는 것입니까?"

나는 그 여인이 쑥스러워 그런다고 여겨, 웃으며 말했다.

"아들이 다섯이나 되었으니 어찌 좋지 아니한가?"

그녀가 말했다.

"고을에 군정軍丁 하나를 더 보냈으니 관리들이야 기쁘겠지만, 돈 없는 가난한 집에서 아들을 본 게 뭐가 기쁘겠습니까?"

내가 괴이하여 그 까닭을 물으니 그녀가 답했다.

"하늘은 나의 원수요, 귀신도 도와주지 않는군요. 집이 원래 발가벗은 듯 아무것도 없고, 넘쳐나는 건 오직 자식놈들뿐이라, 삼 년이면 하나씩 낳아 둘씩 짝을 짓고도 하나가 남네요. 큰 아이가 이제 겨우 밭을 갈 만하고, 작은 아이는 근근이 소꼴을 질 정도입니다. 그 밑으로는 모두 머리를 늘어뜨린 채 보리밥만 한 그릇씩 축낼 뿐이지요.

아, 백성에게는 부역이 있고, 부역에는 각각 징수하는 것이 있으니, 수미需米: 군수미로 바치는 군정와 보인保人: 보포로 대신하는 군정, 속오束伍: 지방군와 아병牙兵: 군졸이 그것입니다. 수군水軍을 가장 중히 여겨 모집해 들이는 게 엄하지요.

낳은 지 겨우 석 달이 되면 이장은 이름을 보고하고, 포대기로 안고 관아에 들어가면 곧바로 기록이 만들어지지요. 가을이 오면 아전도 함께 와 돈 재촉하기가 화급을 다투듯 하는데, 새끼 딸린 호랑이 소리를 내며 성난 얼굴로 문 앞에 서 있습니다. 큰 아이 세금은 이백 전, 작은 아이 세금은 오십 전인데, 당일 아침에 바치지 않으면 관문으로 잡아들입니다.

일년 내내 소금을 굽고 쟁기를 잡지만, 굶어도 곡식 한 톨 입에 넣지 못하고 추워도 실오라기 하나 걸쳐보지 못한 채 군포를 마련해도 기일에 대지 못합니다. 신도 못 신은 채 얼음을 밟고, 속절없이 눈물만 흐를 뿐이지요. 이런 생각을 하면 어찌 어린아이가 귀하겠습니까. 어린아이는 실로 귀할 게 없으니, 그래서 제가 슬퍼하는 것입니다."

5-2.
이름난 가객 이야기

(1) 축복 받은 목소리, 저주 받은 얼굴

남학南鶴은 서호 막수촌에 사는 사람인데 노래를 잘 불렀다. 그런데 남학의 노래는 벽을 사이에 두고 들어야지 그를 직접 마주 보고 들어서는 안 된다. 남학이 비록 노래는 잘 불렀으나 용모는 매우 추했기 때문이다. 얼굴은 역귀 쫓는 귀신처럼 생기고, 몸집은 난쟁이처럼 작았으며, 코는 사자코에, 수염은 늙은 양의 수염과 같고, 눈은 미친 개의 눈이요, 손은 엎드려 있는 닭발 같았다. 하여 그가 마을에 나타나면 아이들이 모두 갑자기 울며 자빠지곤 했다.

그러나 그의 노래는 아주 맑고 곱고 부드러웠으며, 특히 여자 목소리를 잘 냈다. 부채를 들어 세 번 치고 변조로 첫 소리를 뽑아내면, 마치 밝은 달이 떠 있는 높은 누각에서 벽옥소를 희롱하는 암컷 봉황새의 울음소리 같았고, 미풍이 살랑거리는 화창한 날 어린 꾀꼬리가 살구나무 꽃가지 위에서 지저귀는 듯했으며, 열여섯 처녀가 수양버들 늘어진 다리 어귀에서 님을 전송할 때 술은 다하고 사람은 떠나니 치마를 잡고 우는 듯하기도, 한밤중에 술이 깼을 때 미풍이 두드리는 처마 끝 유리 풍경 소리를 듣는 듯하기도 했다.

벽을 사이에 두고 들으면, 사람의 혼이 흔들리고 마음이 요동치는 것이 마치 절대가인을 만나 그 아름다운 모습을 본 것처럼 느껴졌다. 하지만 마주하고 들으면, 이 사람이 어떻게 그런 소리를 낼 수 있는지 도무지 믿기지가 않았다.

남학이 말하기를, "일찍이 다방골 김씨와 노닐었는데, 김씨가 나를 여자로 변장시켜 어두운 방에 놔두고 촛불을 밝히지 않아 기녀들을 속이니, 기녀들이 내 목소리를 사모하여 모두 무릎을 가까이 대고 둘러앉아 내게 손수건을 건네주면서 자매처럼 아주 친근히 대하였다네. 계면조 「후정화」 이십여 곡을 부른 후 김씨가 갑자기 마루에 가득한 촛불 빛으로 나를 비추니, 모두가 깜짝 놀라 소리치며 기막혀 했지. 반 시간 동안 멍하니 앉았다가 일어나 우는 자도 있었다네"

라고 하니, 많은 이들이 크게 웃었다.

(2) 인간 귀뚜라미, 송실솔

송실솔은 서울의 가객이다. 노래를 잘 불렀는데, 특히 실솔곡蟋蟀曲을 잘 불렀으므로 '실솔'귀뚜라미이라는 이름으로 알려졌다.

실솔은 젊었을 때부터 노래를 배웠다. 소리가 트인 뒤에는 급한 폭포가 쏟아지는 웅장하고 시끄러운 곳으로 가서 날마다 노래를 불렀다. 한 해 정도 지나니 노랫소리만 남고 폭포 쏟아지는 소리는 들리지도 않게 되었다. 또 북악산 꼭대기에 올라 높고 먼 곳에 기대어 정신없이 노래를 불렀는데, 처음에는 소리가 갈라져 하나로 모이지 않더니 한 해 정도 지나자 폭풍도 그의 소리를 흐트러뜨리지 못했다.

이때부터 실솔이 방에서 노래하면 소리가 들보에서 울리고, 마루에서 노래하면 소리가 대문에서 울리고, 배에서 노래하면 소리가 돛대에서 울리고, 시냇가나 산속에서 노래하면 소리가 구름 사이에서 울렸다. 징을 치듯 굳세고, 옥구슬처럼 맑고, 연기가 흩날리듯 연약하며, 구름이 가로 걸린 듯 머무르고, 제철의 꾀꼬리처럼 자지러지며, 용이 울듯 떨쳐 일어났다.

그의 소리는 거문고에도 맞고, 생황에도 맞았으며,

퉁소에도 맞고, 쟁에도 맞아, 그 묘함의 극치를 다했
다. 옷깃을 여미고 갓을 바로 쓰고 사람 많은 자리에
가서 노래를 부르노라면, 듣는 이들은 모두 귀를 기
울이고 허공을 쳐다보며 노래 부르는 자가 누구인지
도 알지 못했다.

5-3.
땅과 풍속이 다르면 말도 다른 법

초楚나라에서는 초나라 말을 하고, 제齊나라에서는
제나라 말을 하고, 추鄒나라나 노魯나라에서는 추나
라와 노나라 말을 하고, 진秦나라에서는 주周나라 말
을 하고, 오吳나라에서는 오나라 말을 하는데, 혹은
수다스럽고 혹은 쩝쩝거리고 혹은 머뭇머뭇하고 혹
은 깔깔거린다. 또, 같은 물건을 두고 관중關中 사람이
붙이는 이름과 오월 사람들이 붙이는 이름, 연조燕趙
에서의 이름, 양송揚宋 교외에서의 이름, 우리나라에
서의 이름이 따로 있으니, 이처럼 말은 지방에 따라
다른 것이다.

영남은 옛날에 서라벌국이었다. 소백과 태백이 북쪽
경계를 지었고, 지리산이 서쪽 호남과의 사이에 있
고, 동쪽과 남쪽은 바다이며, 바다 동남쪽은 칠치씨漆

齒氏가 조잘거리는 곳으로, 중국에 교지交趾, 광동廣東, 민閩, 절강浙江이 있는 것과 같다.

지방에서 발음하는 것을 듣는데, 첫날엔 뭐가 뭔지 분간을 할 수 없더니만, 둘째 날에는 반 정도 알아듣고, 셋째 날에는 듣는 대로 알아들었다. 청하는 것을 '도올아'라고 하니 서로 돕는다는 뜻이고, 응하는 것을 '우애라'라고 하니 윗사람이 대답하는 것인데 아랫사람도 윗사람에게 쓴다. 어머니를 '어매', 할아버지를 '할배', 여자를 '가산', 지팡이를 '작지', 둥구미를 '거치', 새끼줄을 '삭락긴', 벼를 '나락', 말을 '몰', 닭의 새끼를 '빈아리', 산을 '매', 돌을 '돌기', 외양간을 '구의', 부엌을 '정자'라고 한다. 한자로 글자 뜻에 맞는 것도 있고 맞지 않는 것도 있으며, 잘못된 것도 있고 그렇지 않은 것도 있는데, 자세히는 알 수 없다. 어떤 이가 말했다.

"땅 때문이다. 땅 때문에 산골짜기의 말은 바닷가와 다르고, 바닷가의 말은 벌판과 다르고, 서울말은 시골과 다르며, 북방의 말은 여진과 비슷하고, 남방의 말은 왜와 비슷하다. 폐는 목소리를 주로 하고 마음은 정情을 주로 하는 것인데, 그 땅에서 먹고 그 땅에서 마시니 어찌 그 소리가 땅에 따르지 않을 수 있겠는가."

또 다른 이가 말했다.

"그렇지 않다. 한성은 나라의 중심이고, 그 한성의 중심에 사는 자들이 있는데, 부르고 대답하고 울부짖고 이야기하는 것이나 만 가지 물건을 이름하는 것이 일반 백성들과는 달라서, 그들을 별도로 반민頒民이라 한다. 이것이 어찌 땅 때문이겠는가. 풍속 때문이다."

수행하던 한 호서인이 여관에 들러 주인과 이야기하면서, 지금을 '산대'라 하고, 가을을 '가슬', 마을을 '마슬'이라 하니, 영남인인 주인이 그것을 듣고 크게 웃었다. 영남인인 주인은 호서인의 말을 듣고 웃었지만, 호서인 또한 영남인의 말을 듣고 웃을지도 모르는 일이다.

나는 모르겠다. 호서인이 영남인의 말을 듣고 웃는 것이 옳은가, 영남인이 호서인의 말을 듣고 웃는 것이 옳은가. 또 어찌 알겠는가. 호서인과 영남인이 나 같은 사람의 말을 듣고 웃지는 않을지.

5-4.
에나 지금이나 먹고 사는 일은 어려워

(1) 가난한 자의 욕심

어떤 가난한 집 아들이 있었다. 그가 영남에서 일을
하고 십만 전을 얻어 돌아오면서 조령을 넘게 되었
는데, 복건을 쓴 소년 하나가 과하마果下馬 비슷한 나
귀를 타고 산골짜기에서 내려왔다. 소년은 왼팔 가죽
토시 위에 조롱을 놓고 거기서 새매를 꺼내고, 뒤에
는 경주에서 난 작은 개를 따르게 하여 산마루에 이
르렀다. 그 개에게 달리라고 명하니 메추라기 한 마
리가 덤불 속에서 날아오르고, 이때 새매를 풀어 날
리니 메추라기를 잡아채 언덕 위에 내동댕이쳤다. 나
귀가 그것을 살피며 천천히 걷다가 이내 내달려 새매
앞에서 멈추더니 앞무릎을 꿇고 가까이 다가갔다. 그
러자 복건을 쓴 소년은 안장 위에서 갈고리로 끌어당

겨 그것을 집어 매달고 갔다.

가난한 집 아들이 이를 지켜보고 있다가, 매우 기이하게 여겨 십만 전을 주고 바꾸기를 청했다. 소년이 어렵다고 하자 자기가 타고 있는 말까지 모두 주고서야 그것들을 얻을 수 있었다. 이에 나귀를 타고 개를 데리고 새매는 팔뚝 위에 얹은 채 사냥한 메추라기 두어 마리를 나귀에 매달고 의기양양하여 집으로 돌아오니, 집에서는 저녁밥도 못 짓고 그를 기다리고 있었다. 그의 아버지가 사립문에 기대어 기다리다가 그의 말을 듣고는 화가 나 아들을 매질하며 꾸짖었다. 며칠 뒤, 아버지가 외출한 틈을 타 그가 사냥을 나가니 새매와 개와 나귀는 더욱 잘 길들여졌다. 그의 아버지가 집으로 돌아오다가 숲에서 이를 엿보고는 매우 감탄하며 말했다.

"그렇구나. 우리 아이가 십만 전을 가볍게 여긴 것도 괴이한 일이 아니구나. 그때 이 아비가 갔더라도 반드시 바꿔 왔을 것이다."

부자는 함께 기뻐하고는, 매일 밖으로 나가 사냥을 하며 후회할 줄 몰랐다.

아! 심하구나. 이목耳目이 사람을 부리는 것이. 가난한 사람이 십만 전을 얻었으면 그것이 귀중함을 모르지 않았을 텐데도 그것을 가볍게 여기고, 아버지가 자식을 매질함에 있어서도 말을 듣고는 화를 냈다가 직접 보고서는 기뻐했다. 이 어찌 다른 이유가 있어서겠는가. 마음이 부림을 당해 외물外物에 미혹되었기 때문이다.

아! 십만 전을 버리고 새매 한 마리와 바꾼 것도 비웃을 만한 일인데, 저 천자天子의 부富를 가지고 한 마리 여우나 토끼와 바꾸기도 하니, 이 어찌 애통한 일이 아니겠는가. 아! 심하도다. 이목이 사람을 부림이여!

(2) 그물을 찢어버린 어부

그물 하나로 생업을 삼는 한 어부가 있었다. 그가 단성 쟁탄의 물굽이에 그물을 쳐놓고 여울가에 있는 반석 위에 앉아 고기를 기다리고 있었다. 날이 저물자 웬 횃불이 번개처럼 번쩍하고 다가왔다. 어부는 그것이 호랑이라 생각했지만 피할 수 없어서 알몸으로 물속에 뛰어들어 여울목으로 헤엄쳐 갔다. 호랑이는 어부가 앉아 있던 곳에 걸터 앉아 자리를 지키고 떠나지 않았다.

얼마 후, 물 밑에서 뭔가가 꿈틀거리며 다가오는 것이 있음을 느끼고는 그것을 만져보았더니 이무기였다. 채 달아나기도 전에 이무기가 재빨리 어부의 다리를 휘감으니, 굵기는 허벅지만 하고 조이는 것이

쇠로 감는 듯했다. 어부가 급히 손으로 이무기의 턱을 잡아 대가리를 바위에 쳤지만 단단해서 깰 수 없었다. 하여 곧바로 바위 위에 누워서 이무기 다리를 바위 모서리에 매우 빠르게 갈았더니 마침내 이무기가 네다섯 토막으로 동강났다.

이무기가 죽고 호랑이도 떠나자 어부는 물에서 나와 하늘을 우러러 보며 통곡했다.

"하늘은 내가 고기 잡는 것을 바라지 않는구나. 이제 차라리 집에서 굶어 죽으리라."

이렇게 말하고는 그물을 찢어버리고 떠났다.

아! 어떤 산인들 호랑이가 없으며, 어떤 물인들 이무기가 없으랴. 나는 여태껏 어부가 되어 그물을 찢어버린 사람을 보지 못했다.

5-5.
야박하고 비정한 풍속들

(1) 있는 사람이 더하다더니

내가 묵고 있는 곳이 주막인지라 주막에서 밥을 먹는 사람들을 많이 보게 된다. 밥을 다 먹고 나서는 밥값을 두고 다투지 않는 사람이 적다. 심한 경우에는, 긴 수염에 옷과 안장이 화려하고 살진 말을 타고 양쪽에 두 개의 주머니를 늘어뜨렸는데도, 다투는 것이 쩨쩨하여 주모와 밥값을 따진다. "국이 한 푼, 김치가 한 푼, 생선이 한 푼이고, 밥은 내가 가져온 쌀인데 어떻게 닷 푼을 달라고 하는가?"

또 어떤 이는 여러 하인을 거느리고 와서 하인의 밥은 너 푼으로 하고, 자기 밥은 한 푼으로 해달라고 한다. 주모가 두 푼으로 하자고 하니 동의하지 않고, 끝내 밥을 반만 먹고는 한 푼을 주고 갔다.

이는 대개 그 풍속이 재물에 인색하여, 돈으로 인해 체면의 경중이 생기는 것을 의식하지 않기 때문이다. 그런데 주막은 다른 곳에 비하면 후한 편이어서 한 푼어치 밥을 먹으면 수십 리를 갈 수 있다.

(2) 소송을 좋아하는 병

어떤 세 사람이 동헌에 소송을 하여 섬돌 앞에 나란히 꿇어앉았다. 그들이 소송한 것은 삼백 전짜리 송아지 한 마리였다. 원님이 그들을 나무라며, "그대들은 이 고을 양반이 아닌가? 게다가 나이까지 들어서는 송아지 한 마리가 뭐 그리 대단하다고 세 사람씩이나 와서 이러는가?"라고 말했다. 그들은 사과하면서 "부끄럽습니다. 그렇지만 소송할 일은 반드시 해야지요" 하고는 돌아갔다.

또 읍에서 북쪽으로 육십 리나 떨어진 곳에 사는 어떤 이는 열두 푼 때문에 동헌에 와서 소송을 하였다. 원님이 "네가 말을 타고 육십 리를 왔으니 분명 길에서 경비가 들었을 것이고, 그 경비는 분명 열두 푼이 넘었을 텐데, 소송을 안 하는 게 이익이라는 걸 어찌 모르는 게냐?"라고 하니, 소송한 자가 "비록 열두 꿰미를 쓸지라도 어찌 소송을 안 할 수 있겠습니까?"라고 말했다.

그 풍속이 대단히 각박하고 융통성이 없으므로, 다투기만 하면 반드시 소송을 하는 것이다.

(3) 관리라는 이름의 도둑

창고를 지키는 사람을 '신화'愼火라 부른다. 곡식을 거둘 때면 양을 헤아린 뒤에 신화가 반드시 직접 둥구미를 잡고 백성들에게 곡斛으로 들이부으라고 시킨다. 곡식이 폭포처럼 쏟아져 내릴 때 신화가 급히 둥구미의 뚜껑을 닫으면 곡식이 땅에 흩어진다. 떨어진 곡식은 신화가 먹는 것이다. 사람들이 비난하면 신화는 이렇게 말한다.

"이미 곡으로 잰 것이니 관청의 곡식이지 너희들 것은 아니다."

또 창감이 꾸짖으면 이렇게 대꾸한다.

"내년 봄에 곡으로 재지 않고 백성들에게 꾸어줄 것이니, 백성들 것을 먹는 것이지 관의 것을 먹는 것이 아니오."

이 때문에 관청도 백성들도 모두 그것을 금하지는 않았지만, 실제로는 백성들 것을 훔치는 것이다. 내가 신화를 두고 말한다.

"신화라고 부르는 것이 창고지기에게는 적절하다. 그렇지만 신도愼盜라 고쳐 부르면 더욱 좋을 것이다."

5-6.
기가 막히는 이야기들

(1) 도둑 세계의 은어

대구의 한 군교軍校가 김천역에서 가마 하나를 만났
다. 가마는 매우 화려하고, 따르는 하인들도 건장하
며, 뒤에 모시고 가는 사람도 빼어나고 단아한 것이
한가한 부잣집 자제 같았다. 그러나 자세히 살펴보
니, 녹림綠林: 산속에 모여 위정자에게 반항하거나 재물을 약탈하는 집
단의 낌새가 있어 뒤를 밟은 끝에 청도읍에 이르렀다.
도착한 날은 마침 장날이었다. 그들은 여관에 가마
를 세워놓고 시장으로 흩어져 들어가더니 비단과 돈
과 재물을 많이 훔쳐가지고 왔다. 이에 군교가 발로
차고 뒤를 묶고는 몽둥이로 심하게 매질하였다. 그때
가마에 있던 부인이 급히 나와 말리면서 말했다.
"나그네께서는 우리 장사꾼들을 다그치지 마셔요.

제가 떡을 드릴게요."

그녀의 자태는 절세미인이어서 보는 사람으로 하여금 마음이 황홀하게 하고 손에 맥이 풀리게 할 정도였다.

대개 떡은 도적의 말로 '간음'을 뜻하는 것이다. 도적들에게는 본래 자기들끼리만 통하고 남은 알아듣지 못하는 말이 있다. 예를 들면, 중은 '산나귀'山驢라 하고, 여자는 '심주'心主, 사람은 '연주'烟主라 하며, 말은 '용'龍, 소는 '죽'竹, 도둑은 '장사꾼'이라 하며, 포교는 '나그네'라 하여 모든 사물에 없는 말이 없는데, 포교만은 다 알아들을 수 있다고 한다. 내가 길에서 포교에게 들은 것이다.

(2) 대단한 과부

삼가三嘉에 묏자리를 함께 쓴 열 개의 봉분이 있었다. 전하는 말에 따르면, 어떤 여자가 시집을 가서 과부가 되어 장례를 치르고, 또 시집을 갔는데 과부가 되고 하여, 자그만치 아홉 번 시집을 가서 아홉 번 과부가 되었다고 한다. 이에 아홉 지아비를 한곳에 나란히 묻어두고 자기도 죽어서 옆에 묻혀 모두 열 개의 봉분이 되었다는 것이다.

기이하구나. 부장祔葬 제도가 있은 이래로 이런 경우

는 없었다. 다만, 구천에서 저들이 다시 살아난다면 누구와 함께 살아갈지 모르겠구나.

(3) 엉터리 굿

객점의 주인이 무당을 데려와 귀신에게 굿을 했다. 나는 벽 하나를 사이에 두고 누워 그 소리를 들었는데, 포복절도할 말이 많았다. 그중 더욱 실소를 금치 못할 것이 있었다. 귀신에게 청하여 말하길 "홍기받아 온 자, 청기받아 온 자"라고 하더니 갑자기 다시 "대양바다 온 자"라고 하는 것이다. 대개 방언에 '받아'의 발음이 '바다'와 같기 때문에 와전되어 '바다'라고 한 것이다.

이로 인해 어린 시절을 생각해보니, 이런 일도 있었다. 행걸하는 중이 주문을 외워 사악한 귀신을 쫓아낼 수 있다고 하여 노비가 한번 시험해보았는데, 귀신을 쫓으며 "압록강으로 가거라, 뒷록강으로 가거라"라고 하는 것이다. 대개 압鴨을 '앞'으로 간주하여 '앞록강'이라 하고 다시 '뒷록강'이 있는 것으로 생각한 것이다. 내가 다그쳐 뒷록강이 어디 있느냐고 물었더니, 그는 받은 쌀을 버리고 도망가버렸다.

어떻게 하면 대양에서 온 자로 하여금 무당과 걸승을 모두 잡아다가 뒷록강으로 쫓아버릴 수 있을까?

5-7.
아낙과 호랑이의 눈물겨운 의리

어느 산골에 아낙이 살았는데, 남편이 일찍 죽었다. 집이 깊은 산속에 있어 이웃도 전혀 없고, 시어머니는 늙고 병든 데다 눈마저 멀었는데 봉양할 사람이 없었다. 그는 시어머니를 잘 섬겨 하루도 그 곁을 떠나지 않았고, 친정집이 삼십 리 밖에 있는데도 과부가 된 뒤로는 일절 가지 않았다.

어느 날, 그의 아버지가 어머니의 병환을 알려왔다. 그는 죽 한 동이를 쑤어놓고 시어머니께 말씀드렸다. "죽을 잘 잡숫고 계시면 제가 저녁에 돌아오겠습니다. 친정 어머니 병환이 중하더라도 내일은 꼭 돌아오겠습니다. 죽은 동이에 있고 화로엔 불이 있으니, 잘 데워 드세요."

친정집에 당도하니 그의 어머니는 아무 탈이 없었다.

아버지가 말했다.

"너는 아직 젊다. 어찌 네가 눈먼 노파의 종노릇으로 생을 마치려 하느냐. 우리집에 잠시 머물고 있는 장사꾼이 하나 있는데, 용모가 반듯하고 재산도 좀 있는 듯하다. 너를 기다려 함께 떠나려 하니, 너는 돌아가지 말고 그 사람을 따라가거라. 그렇게 하지 않으면 차라리 너를 죽이고 말겠다."

"저도 그런 생각을 가진 지 오래이니, 얼마나 다행입니까? 다만 오래도록 화장을 하지 않아 새 사람을 맞을 수 없으니, 조용한 방에서 단장하게 해주십시오."

딸의 말을 들은 부모는 기뻐하며 그를 별실에 들여보냈다. 이에 아낙은 사람이 없는 틈을 타 뒤쪽 바라지문을 열고 울타리를 뚫고 달아났다. 분명 자신을 뒤쫓으리라 생각하여 산골짝 샛길로 달려갔다. 날이 저물자 무늬가 찬란한 호랑이 한 마리가 길을 가로막았는데, 아낙이 앞으로 나서며 호랑이에게 말했다.

"호랑아, 나는 과부다. 부모님이 내 뜻을 저버리고 개가를 시키려 하니, 죽는 것은 애석하지 않다만 집에 계신 시어머니께 하직인사를 못 드리면 죽어도 눈을 감을 수 없을 것 같구나. 내게 잠깐 시간을 주고 우리집에서 나를 잡아먹도록 해라."

호랑이는 일어나 길을 비키고 아낙의 뒤를 따랐다.

이윽고 집에 도착하자 아낙은 시어머니를 안고 울며 말했다.

"제가 왔습니다. 그렇지만 이제 떠나야 합니다."

아낙은 그 연유를 말하지 못하고 한참을 울다가, 다시 이렇게 당부했다.

"제가 어머님을 끝까지 봉양하지 못하는 것은 천명입니다. 바라건대, 산 아래 마을로 가십시오. 호랑이가 분명 지체한다고 여길 터이니, 저는 이제 가야겠습니다."

절을 올리고 문을 나서니 호랑이가 뜰에 쭈그리고 앉아 있었다. 아낙이 말했다.

"하직 인사를 올렸으니 나는 이제 여한이 없다. 네 맘대로 하여라."

하지만 호랑이는 머리를 흔들며 그리 하지 않을 것처럼 했다.

"네가 나를 불쌍히 여겨 잡아먹지 않으려는 게냐?"

호랑이가 머리를 끄덕이는 모양을 했다.

"어질도다, 호랑이여! 너는 굶주리지 않았느냐?"

아낙이 부엌에 들어가 죽을 가져다 먹이니, 호랑이는 꼬리를 흔들며 귀를 붙이고 개처럼 핥아먹었다. 아낙이 호랑이의 머리를 쓰다듬으며 당부했다.

"호랑아, 너는 과연 영물이로구나! 이제부터는 노루

나 토끼만 잡아먹고 사람 근처에는 가지 마라. 저 함정과 덫이 너의 착한 뜻을 저버릴까 걱정이다."

호랑이는 죽을 다 먹더니 몇 번이나 뒤돌아보면서 갔다. 아낙은 다시 예전처럼 시어머니를 봉양했다. 그런데 며칠 후, 꿈에 호랑이가 나타나 말했다.

"당부하신 말씀을 따르지 않아 지금 어딘가의 함정에 빠져 있습니다. 속히 오시면 저를 구하실 수 있습니다."

아낙이 놀라 잠에서 깨어 호랑이가 말한 곳으로 가보니 과연 그러했다. 마을 사람들이 덫을 들추어 호랑이를 죽이려 하자 아낙이 실상을 상세히 말하며 풀어주기를 빌었다. 마을 사람들이 이를 허황되다 여기고 아낙의 간청을 들어주지 않으니, 아낙은 강개하여 말했다.

"내가 사는 것은 호랑이의 은덕이거늘, 이제 호랑이가 죽으려 하는데 구해주지 못한다면 살아 무엇하겠는가?"

그러고는 함정으로 뛰어들었다. 호랑이는 눈을 흘기고 크게 포효하며 사람들이 엿보는 것에 분노하고 있다가 아낙이 뛰어내리는 것을 보고는 갑자기 엎드려 눈물을 흘리는 것이 슬픔을 이기지 못하는 듯 보였다. 아낙 역시 호랑이를 쓰다듬으며 울었다.

그제야 마을 사람들은 호랑이가 아낙을 물지 않음을 기이하게 여겨 사다리를 놓아 호랑이를 구해주었다. 호랑이는 먼저 함정에서 나오고도 가지 않고 아낙이 나오기를 기다려 그의 옷에 몸을 비비고 손을 핥기도 하니, 마치 기르던 개가 주인을 반기듯이 하였다. 아낙은 다시 한번 호랑이를 타일러 보내고는 마을 사람들에게 감사를 전하고 돌아왔다. 이후로 호랑이는 다시 산을 내려오지 않았고, 아낙의 부모도 그를 다시 개가시키려 하지 않았다.

5-8.
음식으로 세도를 점치는 법

장봉사라는 자는 서울 사람이다. 사대부 집을 두루 돌아다니다 사람을 만나면 반드시 그 집의 제삿날과 회갑날을 물었고, 그날이 되면 반드시 찾아갔다. 가면 음식대접을 받게 되는데, 그는 주는 대로 먹고, 먹다가 남는 것이 있으면 소매에 집어넣고는 또 다른 집으로 갔다. 그렇게 하루에 예닐곱 혹은 열 집을 거치기도 한다. 이 때문에 거리에 나가면 반드시 장봉사를 만나게 되는데, 그의 소매에는 항상 음식물 국물이 줄줄 흘렀다.

어떤 사람이 그를 천하다 여기며 그렇게 하는 이유를 물으니, 장봉사가 대답했다.

"나는 그것으로 내 점을 확인하려 하는 것이오."

"무슨 점을 친다는 게요?"

"난 음식으로 점을 치는데, 이는 거북점이나 시초점보다 훨씬 영험하다오. 그 집 마루에 절을 하고 앉으면, 잠시 후 주인이 여종을 불러 상을 올리지요. 상을 당겨 그 만들어진 모양새를 보고, 젓가락을 들어 그 맛을 보고 조금씩 씹으면서 생각하면, 그 집의 성쇠와 존망을 앉아서도 미루어 알 수 있답니다. 내가 전에 어떤 판서의 집에 간 적이 있는데, 그 제사의 음복 음식이 기이하고 화려하며, 잔치 음식은 정교하고 신기하여 내가 속으로 우려했는데, 과연 그대로 증명되었지요. 또 어느 수령의 집에 갔을 때는 제사의 음복 음식은 깨끗하고 향기로웠으며, 잔치 음식은 꾸밈이 없고 후하여 내가 속으로 축하했는데, 이 역시 지금은 증명이 되었다오.

다만 내가 속으로 깊이 걱정하는 것은, 온 세상의 음식을 보건대, 담박하던 것이 날로 달콤해지고, 거칠던 것이 날로 차지고, 풍성하던 것이 날로 자잘해지고, 아담하던 것이 날로 사치스러워지니, 예전에는 반만 먹어도 배부르던 것이 요즘은 그릇을 씻은 듯 먹어 치워도 오히려 입맛이 남는다오. 누가 이렇게 만든 것인지 정말 모르겠소이다.

또 음식 하나가 이럴진대, 의복이 점점 화려해지는 것과 집이 점점 커지는 것과 음악이 점점 음란해지는 것과 시중드는 여자들이 점점 예쁘게 꾸미는 것 같은 것들도 미루어 알 수 있지요. 천지가 재물을 낳는 것에는 한도가 있는데 사람들이 재물을 소비하는 것은 끝이 없으니, 비록 하늘에서 쌀이 떨어지고 땅에서 술이 솟아난다 하더라도 백성이 어찌 굶주리지 않을 수 있겠소. 이것이 내가 걱정하는 까닭이라오."

"세상은 지금 당신을 그저 먹기만 하는 사람이라 생각하고 있는데, 실은 그 가운데 깊은 생각이 있었군요. 아! 이런 것을 생각하고 점을 친다면 누가 수긍하지 않을 수 있겠소?"